Über das Buch :

Es sind die kleinen Tücken des Alltags, die unser Herz bewegen. Im Laufe der Zeit hat Gerolf Haubenreißer diese Problemchen aufgegriffen und in Reime gebracht.

Einige Verse sind "gebraucht", weil sie schon in den Medien erschienen sind. Ob Sie die anderen "brauchen", entscheiden Sie selbst, wenn Sie versuchen ein DVD - Gerät zu programmieren, oder die Wurst aus der Folie zu bekommen. Dieses Buch wird Ihnen dabei auch nicht helfen, aber es kann Sie trösten...

Über den Autor :

Gerolf Haubenreißer, 1944 in Peine geboren, ist als "Unruheständler" freier Mitarbeiter der Peiner Allgemeinen Zeitung, wo seine satirische Kolumne "Haubenreißers Verse" zu lokalen Ereignissen erscheint.

Weitere Untaten :

Im gleichen Verlag erschien bisher "Mühlenstraße 12 oder meine wilden Fünfziger Jahre in Peine". Ein liebenswerter Rückblick auf eine Kindheit zwischen Lederhose, Nierentisch und "Aufklärung".

Gerolf Haubenreißer

Gebrauchte Verse

oder

Verse, die keiner braucht

Gerolf Haubenreißer
Autor

An der Laubenkolonie 92
31228 Peine

Telefon: 05171-23102
Mobil: 0171-9146472
E-Mail: g.haubenreisser@web.de

August 2009
© 2009 Text und Bilder Gerolf Haubenreißer
Buch und Umschlaggestaltung: Dagmar Meiborg
Herstellung und Verlag: Books on Demand GmbH, Norderstedt
Printed in Germany
ISBN 978-3-8391-1463-6

FÜR DANNY

Inhaltsverzeichnis

Maulwurfshaufen	10
Zahnpflege	12
Brötchenholen	14
Mülltrennung	16
Gewichtsprobleme	18
Schwertfisch in Kräuterrahm	20
Nordic - Walking	22
Spucke	24
Nordic Bycing	25
Rentners Sparmaßnahmen	26
Beim Facharzt	28
Pufferzone	30
Au weia!	31
Heidi	32
Hundeschule	34
Telefon	36
Leseprobe	38
Valentinstag	39
Kaffeepause	41
Klimawandel	43
Vergesslich	44
Kinderprämie	45
Wir installieren DVD	47
Wir nutzen DVD	49
Hundekacke	51
Kleinkunst mit offener Hose	53
Der Glöckner	55
Abwrackprämie	57
Das Scherflein	58

Der Fischreiher 59
Verfallsdatum 61
Ostereier 63
Sommerzeit 65
Wo sind die Briefkästen geblieben? 67
Maikäfer 69
Preisgünstig 71
Mittagspause 73
Wie funktioniert ein Bidet? 75
Wasserrutsche 77
Überwachungskamera 79
Nacken verdreht! 81
Das Tüpfelsumpfhuhn 83
Wartezeit 85
Telemüll 87
Der Storch 89
Feuerwehren 91
Haarschnitt 93
Doppelnamen 95
Bundeswehr 96
Jungschnösel 97
BSE 98
Scheidungsrecht 99
Kreisverkehr 101
Gut verpackt 102
Zurück ins Bett! 104
Kosmetik? 106
Wasserfreuden 108
Die Geburtstagsfeier 110
Guantanamo 112
Strompreis 113
One for five 114

Radfahren	115
Flugtag	117
Badefreuden anno dazumal	119
Bierduschen	121
Makaber	122
Die Grünen	124
Es blitzt!	125
Katzen im Garten	127
Fleißig trinken!	129
Schlappen	131
Igel	133
Unser Briefkasten	135
Elektronik	137
Nix verstehen!	139
Christstollen und Swimming Pool	141
Begrüßungsgeld	142
Mein Auto spricht!	143
Der Fußball	145
Tanzstunde	147
Telefonsex	148
Der Handstaubsauger	149
Raucherbein	150
Kontaktanzeigen	151
Achtspurig	152
Unsere hoffnungsvolle Jugend	153
Einkaufskörbe	155
Astrid Lindgren	157
Streik	159
Kleinkunstbühnen	161
Die Bahnfahrt	163
Heimarbeit	165
Milchzähne	166

Ausbildungsplätze	167
Für einen Freund...	168
Halloween....	169
Halloween zum Zweiten...	171
Matten - Ehren	173
Nacktrodeln	175
Sperrmüll	177
Bankenkrise	179
Mutterfreuden	180
Männerstrip	181
Do it yourself	183
Zahnprobleme	184
Damen - Biathlon	185
Curling	186
Vorfreude	187
Es leuchtet	189
Birnenzeit	191
Merry Christmas	193
Weihnachts - Schwarzmarkt	195
Bierbildung	196
Gutscheine	197
Halali !	199
Holzauktion	201
Piene	203
Sado-Maso	205
Sylvester	207

Maulwurfshaufen

Man ist froh hier in der Stadt,
wenn man einen Garten hat.
Leider wird da, ohne Frage,
so ein Maulwurf oft zur Plage.
Im Frühling sucht zur Paarungszeit
der Kumpel mit dem Gärtner Streit
um vor lauter Sexgefühlen
nun den Garten umzuwühlen.
Früher einmal bot sich dann
nur die "Spatenlösung" an,
doch schon damals schlug man eben
als "Mörder" absichtlich daneben.
Nun ist der Maulwurf, was ihm nützt,
auch gesetzlich noch geschützt
und so wird nichts übrig bleiben,
ihn anderweitig zu vertreiben.
So macht den Maulwurf wenig froh
ein Transistorradio.
Hier kann nun Herr Silbereisen
sein Musiktalent beweisen,
was das Tierchen sicher quält
zur Vertreibung... weit gefehlt!
Auch Heavy Metal regte dann
das Tier zu neuen Haufen an.
Nun hat der Maulwurf in der Phase
Empfindlichkeiten in der Nase
und man steckte unbesehen
in die Haufen Knoblauchzehen.
Es hat der Maulwurf wohl dabei
Verwandtschaften in der Türkei,
denn er hat gleich über Nacht
drei neue Haufen aufgebracht.

So wurde schließlich dann zuletzt
ein Geheimtipp eingesetzt.
Urin geht in der letzten Phase
dem Maulwurf mächtig in die Nase,
was nun schließlich dazu führte,
dass ich im Freien urinierte,
worüber aber offenbar
die Nachbarin verwundert war.
Tatsächlich war aus guten Gründen
kein neuer Haufen mehr zu finden,
doch der Rentner fragt sich bange:
"Es hat geklappt...aber wie lange?"

Zahnpflege

In der Werbung bietet man
sehr viel für junge Menschen an
und man vermittelt eine rege
gut gemeinte Körperpflege.
Tagescreme und Bodypeeling
geben jugendliches Feeling.
Für die Jugend preist man dann
natürlich auch die Zahncreme an,
die den Zahn für wenig Geld
jung und auch gesund erhält.
Im Alter lässt zu solchen Taten
man sich auch gerne mal beraten.
Vertrauenswürdig ist da die
Fachkraft in der Drogerie.
Die Dame hat mir unverhohlen
"Generation 40" da empfohlen,
die wohl nach des Tages Last
altersmäßig zu mir passt.
Damit hab' ich unentwegt
meine Zähne nun gepflegt,
doch irgendwann war folgenschwer
danach dann die Tube leer.
So suchte ich, es kann nicht schaden,
die nette Dame hier im Laden
und begann nun, siehe oben,
"Generation 40" auch zu loben.
Doch 40 war, sollt' sie erfahren,
ich vor 25 Jahren.
Wird uns hier zu solchen Zoten
nicht "Generation 60" angeboten?
Vielleicht gibt es in Rat und Tat
darin ein Aufbaupräparat.

Die Verkäuferin sah dann
mich mit erstaunten Augen an.
Die Antwort hat mich leicht verbittert,
den Glauben an die Welt erschüttert:
"Kukident gibt's allemal
gleich da hinten im Regal!"

Brötchenholen

Auch sonntags gibt es bei uns lecker
Brötchen frisch direkt vom Bäcker.
Nun sollte ich am Sonntagmorgen
auch vier Brötchen da besorgen.
So befahl es immerhin
meines Lebens Partnerin
und sie drückte mir galant
die Hundeleine in die Hand,
um aus wirtschaftlichen Gründen
beide Dinge zu verbinden.
Nach langem Marsche kam ich dann
glücklich auch beim Bäcker an,
weil unterwegs nun der bewusste
Hund dabei auch dauernd musste,
was ich als pflichtbewusster Knabe
auch gleich eingesammelt habe.
Die Tüte mit der Hundekacke
steckte ich mir in die Jacke.
Meinen Hund band ich sodann
nebenan bei Penny an.
Im Laden war dann eine lange
unheilvolle Männerschlange,
die offenbar voll Sachverstand
hier das gleiche Los verband.
Somit stellte ich mich dann
als fünfzehnter auch hinten an.
Natürlich hab' ich ohne Klagen
zur Unterhaltung beigetragen,
wobei Fußball offenbar
ein beliebtes Thema war.
Ich hätte nun, wie wir jetzt wissen,
den Beutel längst entsorgen müssen,

Denn irgendwie war diesmal nicht
der Verschluss da richtig dicht.
Durch die Wärme fing sodann
die Jacke auch zu riechen an,
wodurch ich plötzlich wundersam
in der Schlange Platz bekam.
Schließlich war ich irgendwann
auch mit meinen Wünschen dran.
Nun sind heut', sonst müsst' ich lügen,
wohl 4 Brötchen schlecht zu kriegen,
weil es für den, der ungeübt,
viel zu viele Sorten gibt.
Nach 10 Minuten voller Güte
hatt' ich den Einkauf in der Tüte
und wegen Regens ging's darob
nun nach Hause im Galopp.
Leider hatte ich indessen
bei Penny meinen Hund vergessen
und so ging's das ganze Stück
nun im Dauerlauf zurück.
Pitschnass war nicht ohne Grund
nun Rentner, Tüte und der Hund.
In der durch geschwitzten Jacke
immer noch die Hundekacke.
Nun hatte ich auch noch indessen
meinen Hausschlüssel vergessen
und nach dem Klingeln stand nun hier
meine Liebste in der Tür:
"Wo kommt ihr denn, bitte sehr,
in diesem Zustand nun noch her.
Es kommt mir vor, als ob du kriechst
und überhaupt, wie du schon riechst!!!"

Mülltrennung

Wie man es in ganz Deutschland kennt,
wird auch in Peine Müll getrennt.
Bei uns zu Hause ist zudem
die Entsorgung kein Problem,
weil ich das als alter Knabe
selber übernommen habe.
Schließlich bin ich laut Beschluss
körperlich noch voll in Schuss.
Für Kunststoff gibt's zu diesem Zwecke
hier nun gelbe Plastiksäcke.
Diese Säcke hängt man schnell
in ein klappriges Gestell.
Die Familie stopft dann fein
von oben nun den Müll hinein,
bis der Sack als schönes Bild
außen auseinander quillt.
Seitlich zieh ich als Mann
diesen vollen Sack sodann
nun mit leichtem Druck heraus.
Meistens sieht das dann so aus,
dass das Gestell in ganzer Pracht
völlig auseinander kracht.
Im Keller liegen eine Weile
danach dann die Einzelteile.
Der volle Sack wird, wie's so geht,
dann mit etwas Schwung gedreht.
Man erkennt mit Sachverstand,
unten hängt ein dünnes Band.
Diese Band wird, wie wir wissen,
fachmännisch kurz abgerissen
und dann mehrmals ungezwungen
oben um den Sack geschlungen,

bis es am Ende dabei meist
unter Fluchen einfach reißt.
Man erkennt nun leicht verstimmt,
dass man es besser doppelt nimmt
wonach man aber, in der Tat
außen nun vier Enden hat.
Man knotet dann in vielen Fällen
das Band nun an den falschen Stellen
und es reißt in großer Güte
ganz am Ende noch die Tüte.
Man beginnt dann schnell im Stillen,
die ganze Sache umzufüllen,
wobei dann meist, man glaubt es nicht,
das Telefon uns unterbricht.
Inzwischen haben, weil es schmeckt,
Hund und Katze das entdeckt
und der Müll wird, weil es eilt,
im Keller taktisch nun verteilt.
Mülltrennung kriegt so immerhin
einen völlig neuen Sinn.
Doch so was kann uns nicht verbittern,
den Glauben an uns selbst erschüttern.
Mülltrennung ist unterm Dache
dazu schließlich "Männersache".

Gewichtsprobleme

Im neuen Jahr wird, wenn es passt,
mancher Vorsatz neu gefasst.
Diese haben dabei nun
oft mit dem Gewicht zu tun.
Frauen halten durch Verzicht
meist das richtige Gewicht,
das man überwachen solle
durch tägliche Gewichtskontrolle,
was ich stets als alter Knabe
amüsiert betrachtet habe.
Nun zeigt sich aber doch zudem
mit meinem Bierbauch ein Problem,
weil man sich da wohl gepflegt
nicht mehr ganz so viel bewegt.
So habe ich mir selbst zuletzt
eine Grenze da gesetzt,
denn ich will bei allem Treiben
unter 90 Kilo bleiben.
So stieg ich nun auch dieser Tage
frohen Mutes auf die Waage
und sah dabei digital
Neunzigkommaeins als Zahl.
Es gelang mir unter Fluchen
gleich die Toilette aufzusuchen
und mit dem Hund dann unter Schnaufen
dreimal um's Karree zu laufen.
Auch ein kräftiges Rasieren
kann zu Gewichtsabnahmen führen
und ich schnitt mir noch vorab
die Haare in der Nase ab.
Nägelschneiden führt voll Frust
auch noch zu Gewichtsverlust

und der Bart wird, weil es nutzt,
kräftig da zurückgestutzt.
Schließlich wird noch, wie erwähnt,
locker leicht das Haar geföhnt
und, wie man es als Kind gelernt
der Zahnbelag gezielt entfernt.
Dann entfernt man, Gott erhalt's,
mit einem Stick das Ohrenschmalz
und kehrt, Panik im Genick
auf die Waage dann zurück.
Schon hat man daher federleicht
Neunundachtzigneun erreicht.
Vorbei der Frust und alle Sorgen,
aber halt, was mach ich morgen?

Schwertfisch in Kräuterrahm

Froh ist man, wenn man in der Stadt
heute noch ein Haustier hat.
Wir haben eine Katze und
dazu noch einen lieben Hund.
Man staunt dabei, was da indessen
die guten Tiere heute fressen.
Früher waren da das Beste
ab und zu mal Essensreste.
Trockenfutter war dabei
und Abfall aus der Schlachterei.
Die Katze konnt' zu den Belangen
sich draußen ein paar Mäuse fangen.
Heute wird da, wie man hört,
eine "Industrie ernährt".
Dem Hund gibt dabei neue Kraft
feines Rindfleisch mit viel Saft.
Ist er auch noch so hart gesotten,
dazu Nudeln mit Karotten
und als Nachtisch, wie man weiß
Hühnerfleisch mit etwas Reis.
Unsere Katze darf selbst wählen.
Kalbshäppchen sind zu empfehlen.
Für das Tier ist nichts zu schade:
Geschnetzeltes aus der Poularde.
Den Stubentiger lässt man feiern
bei Souffle mit Wachteleiern.
Die Lachspastete schließt vorab
das Menü dann erstmal ab.
Hühnerhäppchen in Gelee
vom Thunfisch gibt es ein Souffle.
In die Katzenschüssel kam
Schwertfisch dann in Kräuterrahm.

Den Löffel hab' ich, wie's auch schmeckt,
ganz in Gedanken abgeleckt.
Obwohl ich da als alter Knabe
mich doch zuerst erschrocken habe,
war der Geschmack dann doch zudem
recht pikant und angenehm.
Schon überlegt man, ob man dann
das nicht überbacken kann
um der nächsten Feier eben
einen neuen Touch zu geben.
Schließlich will man für die Gäste
auch kulinarisch nur das Beste.
Doch keine Angst, ganz unbenommen,
dazu wird es wohl nicht kommen!

Nordic - Walking

Wie erholsam und erlabend
ist ein Waldbesuch am Abend.
Besonders schätzt man dabei diese
Kaninchen und Druidenwiese.
Doch plötzlich hört man lautes Lärmen,
wie man es kennt von Gänseschwärmen.
Es waren an die hundert Damen,
die da aus dem Walde kamen.
Ein paar nur männlichen Geschlechts,
sie hatten Stöcke links und rechts.
Nur die Ski hat man indessen
augenscheinlich glatt vergessen.
Die Kaninchen noch und nöcher
flüchteten in ihre Löcher,
denn sie sah'n die erste Gruppe
von der Nordic Walking Truppe,
die mit erhöhtem Tempo kamen.
Es waren sportgestählte Damen,
die in schicken Rennanzügen
scheinbar da in Führung liegen.
Den Stock bohrt man hier voll Ekstase
der Hinterfrau fast in die Nase
und man erkennt hier auch sofort,
das ist echter Walking-Sport!
Wer sportlich noch was auf sich hält,
bewegt sich dann im Mittelfeld.
Allerdings, aus gutem Grunde
sieht man da schon manche Pfunde
und so manche Wohlstandsdelle,
leider an der falschen Stelle.
Um sich auch geistig zu entfalten
wird sich fröhlich unterhalten.

Die Kleidung zeigt sich ungefähr
sportlich aber doch leger.
Bald ist da auch unbenommen
nun die Nachhut angekommen.
Fröhlich werden hier, man lauscht,
Kochrezepte ausgetauscht
und der Stock im leichten Bogen
locker hinterher gezogen.
Sportlich hat man nichts im Sinn,
die Figur ist eh dahin.
Den bunten Hausanzug hat man
sicher auch bei Gottschalk an
und man wird aus diesen Gründen
darin noch ein paar Bonbons finden.
Doch egal, wie dem auch sei,
bald ist die wilde Jagd vorbei.
Die Kaninchen kommen schlau
zurück aus dem geschützten Bau
und es liegt ein schwacher Duft
von Parfüm noch in der Luft.
So was nennt man Nordic Walking
oder war das Nordic Talking?

Spucke

Laut Darwin stammt der Mensch vorab
in voller Pracht vom Affen ab.
Doch es scheint, dass offenbar
das Lama auch beteiligt war,
das in voller Kraft sodann
gut 10 Meter spucken kann,
wonach es lässig um sich blickt,
voller Stolz und weltentrückt.
Den gleichen Blick sah ich mir dann
beim Fußball bei Podolski an,
als er mit dem deutschen Tross
das Drei-null gegen Zypern schoss
und als er meint, dass keiner guckte
kräftig in den Rasen spuckte.
Nun ist diese Spuckmethode
bei Fußballern auch groß in Mode
und beim Handball muss inzwischen
man "mit großen Feudeln wischen".
Unsere Jugend nimmt sodann
dankbar diese Sitten an
und auf dem Schulhof bleibt ein Stück
"Innenleben" oft zurück.
Auch unser Fußweg soll nicht "darben".
Es schillert oft in vielen Farben
was da kunstbewusste Knaben
morgens hinterlassen haben.
So spuckt man da mit voller Kraft
technisch äußerst vorbildhaft.
Es wird die Spucke, ungelogen,
erst noch dreimal hochgezogen
und dann hinterher gezielt
zügig durch den Zahn gespült

um der Spucke dabei eben
auch die Konsistenz zu geben.
So was gilt dann auch inmitten
der Spucker schon als fortgeschritten,
doch für mich hat dieser Bube
nur eine schlechte Kinderstube!
Ach übrigens, wie jeder weiß,
beim Handball wischt man nur den Schweiß...

Nordic Bycing

Nordic Walking hat nun leicht
auch den Höhepunkt erreicht.
Sicher wird es bald da eben
auch noch Nordic Bycing geben.
Da trägt man dann mit leichtem Schlenker
vor sich einen Fahrradlenker.
Statt Wandern ist da noch zudem
nun das Trecken angenehm,
wo auf dem Rücken man gepflegt
auch noch einen Trecksack trägt.
Und wir ? Wir machen jeden Hit
dann auch noch mit Freuden mit...

Rentners Sparmaßnahmen

Überall wird stets nach oben
die Besoldung angehoben.
Nur als Rentner schaut, auf Ehre,
man da ständig in die Röhre
und es empfiehlt sich daher eben,
einfach sparsamer zu leben.
So wir bei uns von früh bis spät
die Heizung nun zurückgedreht
und beim Fernsehen sitzt man lose
in der langen Unterhose.
Der Kaffeefilter wird, man stutzt,
stets zum zweiten Mal genutzt
und Teebeutel häng' ich in Peine
stets zum Trocknen auf die Leine.
Ernährung gibt's ob solcher Zoten
nur aus Sonderangeboten
und so sucht man da zuhauf
natürlich den Probierstand auf,
denn auf Tellern bietet man
hier häppchenweise Schmalzbrot an.
Die Bedienung schaut verdutzt,
weil ich gleich alles weggeputzt
und ihr dann als alter Knabe
von Blutwerten berichtet habe
und mir leider so dabei
der Kauf von Schmalz nicht möglich sei.
Bei Tiernahrung sind da zudem
Proben äußerst angenehm,
was man sich zu Hause dann
mit Käse überbacken kann.
Schließlich zeigt sich hierbei pur
neben Hunger auch Kultur.

Der Hund bekommt statt solcher Brocken
in die Schüssel Haferflocken.
Sparen muss da, ohne Frage,
auch die Gefährtin meiner Tage,
die nun mit Proben ohne Geld
perfekt das Make-up erstellt.
So spare ich auch immerhin,
wenn ich eingeladen bin
und um den Verbrauch zu stützen,
sind Plastiktüten sehr von Nützen.
Die Jackentaschen sind verbittert
wasserfest nun ausgefüttert.
So spart man da doch ganz enorm
mit der "Rentner Sparreform".

Beim Facharzt

Ach, was konnt' man Gutes lesen
früher vom Gesundheitswesen,
als der Arztberuf sogar
der Traumjob von uns Allen war.
Man nannte sie, wie jeder weiß,
sogar "Halbgötter in Weiß".
Das haben heute unbenommen
jene Damen übernommen,
die bei unserem Arzt dann eben
die Termine da vergeben
und, um Patienten zu erfreuen,
auch das Telefon betreuen.
Man sucht nun, so ist der Lauf,
vertrauensvoll den Hausarzt auf.
Manchmal wird man auch von diesen
an einen Facharzt überwiesen
und voller Sorge ruft man dann
zumeist da vorher besser an.
Der Halbgott hat dort nach wie vor
bei allem Stress wohl auch Humor,
denn als Termin da bietet man
sogar den Februar noch an,
doch meint sie da wohl offenbar
den Februar im nächsten Jahr.
Man teilt mit, dass man dabei
doch ein echter Notfall sei
und der Termin daher, auf Ehre,
nicht lebend zu erreichen wäre.
Schließlich ist sie doch bereit:
"Gleich morgen früh... mit Wartezeit!"
Als Patient, dem Arzt verbunden,
denkt man da an ein, zwei Stunden.

So nehme ich mir erst einmal
ein dickes Buch aus dem Regal
und hab' mir dabei ungelogen
"Krieg und Frieden" rein gezogen.
Auf dem Tisch lag in der Mitte
auch Focus, Stern und die Brigitte.
Man sollte sich auch nicht genieren,
sich vorher gründlich zu rasieren,
denn mancher ist da unbenommen
mit einem Vollbart raus gekommen.
Zwischendurch wurden in Stufen
die Patienten aufgerufen,
nur meinen Namen hatt' indessen
der Gott in Weiß wohl ganz vergessen.
Nun stellte sich im Nachhinein
auch ein leichter Hunger ein.
Nach sechs Stunden war ich dann
aber auch tatsächlich dran.
Aus gutem Grund fing dabei dann
mein Magen auch zu knurren an,
was der Doktor aufmerksam
auch sofort zur Kenntnis nahm:
" Oh, Sie haben da zudem
mit Ihrem Magen ein Problem.
Ich könnte Sie dazu beizeiten
an einen Facharzt weiterleiten!"
In wilder Flucht, man glaubt es kaum,
verließ ich den Behandlungsraum...

Pufferzone

Peine liegt, wie man früh lernt,
von Braunschweig nicht sehr weit entfernt.
Auch von Hannover an der Leine
ist es nicht sehr weit nach Peine.
Geschichtlich ging es folgenschwer
zu allen Zeiten hin und her
und so fürchtet man enorm
schon wieder die Gebietsreform.
Unser Peine ist dabei
verhältnismäßig schuldenfrei
und so ist, wenn es pressiert,
Hannover wohl sehr interessiert.
Auch Braunschweigs Löwe, ohne Mucken,
würde Peine gerne schlucken
und so fühlt man ohne Not
sich von rechts und links bedroht,
so dass uns hier nun gut begründet
ein neues Schlagwort wohl verbindet:
Mein Städtchen Peine, wo ich wohne,
wird zu einer "Pufferzone"...

Nun sind Puffer hier im Land
natürlich weitgehend bekannt.
Bei Puffern denkt im Eulennest
man an das Kartoffelfest
wo uns zu Ernährungszwecken
die Wehnser Puffer herrlich schmecken.
Die Pufferzone ist zudem
somit doch recht angenehm,
denn Puffer sind auf diese Weise
meine Leib - und Magenspeise.
Die Puffer schmecken herrlich hier,

so eine "Zone" lob ich mir.
Politisch hat man immerhin
mit "Pufferzonen" nichts im Sinn,
denn die Eule kann hier eben
auch ohne Löwen ganz gut leben.

Au weia!

Es sorgte ein Gerichturteil
hier für sehr viel Ärger, weil
da ein Moslem in der Stadt
seine Frau verprügelt hat.
Den Grund für seinen Freispruch finden
sie in "religiösen Gründen".
Man sieht daran, versteht mich recht,
nicht alles am Koran ist schlecht...

Heidi

Aus Griechenland kam kerngesund
in die Familie unser Hund.
Den hatte man auf Kreta unten
in einer Mülltonne gefunden.
Da wollt' man lieber heut' als morgen
den kleinen Welpen wohl entsorgen.
Er wurd' als Beagle uns vermittelt,
mit Namen "Heidi Klumm" betitelt.
Ähnlich waren anzuschauen
die "angemalten" Augenbrauen.
Die Beine wurden lang und länger,
dem Beagle-Fan wurd' bang und bänger.
Mit dieser Rasse hat das nun
inzwischen nicht mehr viel zu tun,
es sei denn, das so was leicht
auch mal Tischhöhe erreicht.
Doch das ist uns allemal
inzwischen so was von egal.
Nun frisst der Welpe aber prompt,
was ihm vor die Zähne kommt.
Kugelschreiber, Plastikgabel
und vom Telefon das Kabel.
Gott sei dank half uns dabei
nun die Peiner Bücherei.
Auch für Welpen muss es eben
'ne Gebrauchsanweisung geben.
Als erstes stand da, nicht zu fassen,
man soll ja nichts liegenlassen.
Dieser Ratschlag, unverhohlen,
reizte mich ein Bier zu holen
und legte so voll Sachverstand
das Büchlein nur kurz aus der Hand.

Unser Welpe hat indessen
den Ratgeber gleich angefressen.
Besonders von der Seite sieben
ist nur ein Fragment geblieben
wo man hier mit Rat und Tat
die Knabbersucht behandelt hat
so dass ich hier wohl nun am Schluss
ein neues Buch bezahlen muss.
Das "Fressbuch" biete ich wohl dann
unserem Kreismuseum an.

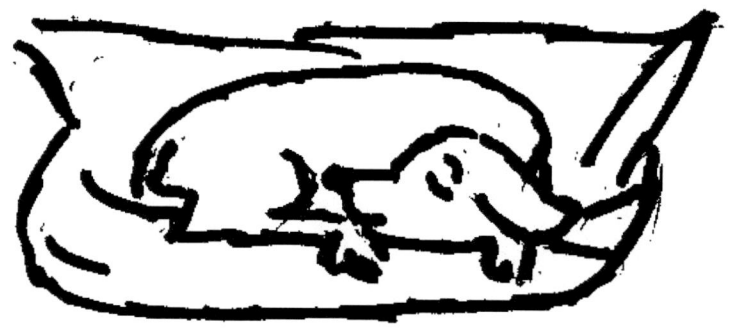

Hundeschule

Unsere Heidi hat nun leicht
schon den Küchentisch erreicht.
Als Welpe hat sie uns beglückt
und ein Lehrbuch glatt zerpflügt,
das uns doch, weil man es wollte,
bei der Erziehung helfen sollte.
Dazu sind nun ungebeten
die "Flegeljahre" eingetreten
und so lautet der Beschluss,
dass Heidi schnell was lernen muss.
Man muss sich mit dem Hunde schämen,
es fehlt an jeglichem Benehmen.
So ist nun, laut sei es geklagt,
die Hundeschule angesagt.
Der "Alte" hat da, stets bereit,
als Rentner wohl die meiste Zeit.
Nun habe ich einst, ungelogen,
selbst Bernhardiner großgezogen,
doch ist die Dressurmethode
wie man mir sagt, längst aus der Mode.
Man ist freundlich, taktvoll und
man spricht leise mit dem Hund.
Dazu wird stets, wie gewohnt,
mit bunten Leckerlies belohnt.
Die Methode hier gefällt
besonders wohl der Damenwelt,
denn mit ihren Hunden kamen
außer mir hier lauter Damen.
Nette Mädels hier zuhauf,
das fällt sogar dem Rentner auf.
So könnte man aus diesen Gründen
die Schulung mit 'nem Date verbinden.

Ich lasse es dabei bewenden,
denn ich bin in "festen Händen".
So bleibt mir da nur, anzubieten,
die Heidi wär' auch zu vermieten.
Allerdings will ich dafür
wenigstens die Kursgebühr.

Telefon

Wie war früher doch zudem
das Telefonieren angenehm,
als es uns noch an nichts fehlte
und man mit einer Scheibe wählte.
Selten ging da etwas schief
mit dem alten Ortstarif
und man war, dass nichts passiert
"gebührlich" bestens informiert.
Heute ist man, wie wir wissen,
dabei hin und her gerissen.
Telekom (mit Eric Zabel),
Free Net, Arcor, Deutsches Kabel,
Alice und auch eins plus eins
wollen dein Geld und auch meins.
Ständig stehen da bei mir
ständig Herren in der Tür,
die erzählen, dass dabei
mein Tarif veraltet sei
und wo ich als gewitzter Knabe
etwas einzusparen habe.
Da müsste man dann unbenommen
zum Schluss noch etwas rausbekommen.
Beim Elektroriesen fand
man neulich einen Info-Stand,
wo ein Jüngling, frisch gegelt,
uns erzählte, was uns fehlt.
Als Tarif bot er uns dann
Neunundreißigneunzig an.
Mir rauschte der Elektrobrei
verständnislos am Ohr vorbei.
Ich bohrte in der letzten Phase
dann gelangweilt in der Nase.

Zur Unterschrift bat immerhin
dann meine Lebenspartnerin.
Glatt zwei Wochen, weil's pressiert,
haben wir dann "installiert".
Dazu wurden dann zuletzt
auch die Kinder eingesetzt.
Die Rechnung war dann, wie erahnt,
auch etwas höher als geplant,
weil der Spartarif da halt
für ISDN nun auch nicht galt,
was man voller Sachverstand
auch im Kleingedruckten fand,
worauf wir unseren netten Knaben
auch gleich angerufen haben.
Der meinte freundlich, dass dabei
der Auftrag zu stornieren sei,
er habe da in unserer Not
schon ein neues Angebot.
So wurde mir in diesen Tagen
telefonisch flau im Magen.
Ich wünsche mir zu meinem Glück
"meine Scheibe" da zurück !

Leseprobe

Glücklich ist, wer in der Stadt
einen Hund als Haustier hat.
Ein junger Hund, wer will's bestreiten,
hat gewisse Eigenheiten.
Wir haben da nun offenbar
ein ganz besonderes Exemplar.
Die kleine Griechin hat nun leicht
auch schon Tischhöhe erreicht
und sieht die große Welt sodann
nun als ihren Spielplatz an.
Wenn sie die Postbotin entdeckt,
wird sie fröhlich abgeschleckt
uns als Dank belohnt man sie
stets mit einem "Leckerli".
So will sie nun zu diesen Zielen
immer noch mit Jedem spielen.
Auch der Jagdtrieb ist gepflegt
"herkunftsmäßig" ausgeprägt,
was sie in der Feldmark meist
mir sehr gerne auch beweist.
So erhielt ich eingedenk
dessen nun auch ein Geschenk.
Die Kinder schenkten was zum Lesen:
"Dein Hund das unbekannte Wesen".
Doch nun habe ich zudem
wohl ein weiteres Problem,
das da noch zu lösen sei:
Wer bringt dem Hund das Lesen bei?

Valentinstag

Auch in Peine kennt man ihn,
den Tag des frommen Valentin,
wo man, egal ob man es wollte,
den Damen Blumen schenken sollte.
Ich habe diesen Tag indessen
diesmal ganz bewusst vergessen,
denn Valentin, der Tag für's Herz
dient meiner Ansicht dem Kommerz
und, als ob wir's nicht schon wüssten,
lieben ihn wohl die Floristen.
Zur Sicherheit zieht man sodann
noch ein Lexikon heran,
wo Valentin, das passt in's Bild
als Patron der "Fallsucht gilt".
Fallsucht sehe ich alleine
oft beim Fußball hier in Peine,
wo man gänzlich unbegründet
damit auch Elfmeter schindet.
Das werde ich nicht auch noch nützen
und mit Blumen unterstützen!
Außerdem kommt, siehe da,
die Sache aus Amerika.
Hoffentlich denkt anderswo
die Partnerin nun ebenso.
Doch leider wird da, weit gefehlt,
mir am Abend noch erzählt,
dass alle da als Liebesgaben
Blumen wohl erhalten haben
und mein Boykott wohl nur dabei
ein Zeichen meines Geizes sei.
Immerhin bot ich sodann
ihr meine Plattensammlung an

und ich bot ihr immerhin
die Platte von Karl Valentin.
Doch alles das war ohne Sinn,
denn die "Stimmung" war dahin.
Um das wieder einzurenken
werd' ich ihr "ein paar Blumen schenken".

Kaffeepause

Wie war früher doch zudem
das Kaffeetrinken angenehm.
Man besuchte allemal
ein Café nach seiner Wahl
und hat dann für wenig Geld
einen Kaffee sich bestellt.
Heute ist der braune Saft
eine kleine Wissenschaft
wie der brave Bürger dann
auf einem Schild erkennen kann,
wo dazu, wie es so geht,
"Latte für 2 Euro " steht.
Ist der Laden nun dabei
irgendwie nicht jugendfrei?
Was wird da wohl eingeschenkt?
Ein Schelm, wer Schlechtes dabei denkt.
Drinnen ist dann, wie man hört,
der "Lungo" sehr empfehlenswert
oder steht man auf der Matte
dann doch mit einem "Caffé Latte" ?
Beim "Macchiato", wie erträumt,
wird der Latte aufgeschäumt
oder hat man da in petto
hier mit Weinbrand den "Coretto"?
Eh wir genervt zu Boden sinken,
kann man "Cappuccino" trinken.
Beim "Con Panna" wird das Bild
noch mit Sahne aufgefüllt.
Den "Espresso" trinkt man pur
und in kleinen Mengen nur.
Will man mehr, bestellt man so
einfach einen "Doppio".

Nur der gute alte "Mocca"
haut heute keinen mehr vom Hocker.
Schließlich kommt beim "Pharisäer"
man der Begleitung etwas näher.
Schwierig ist's durch diesen Reigen
der Kaffeesorten durchzusteigen
und darum bestell' ich mir
lieber erst einmal ein Bier!

Klimawandel

Der Klimawandel hat nun leicht
unsere Heimat auch erreicht
und Schnee kennt man in diesen Tagen
wohl nur noch vom Hörensagen.
Man erzählt den Enkelkindern
was vom Schnee und harten Wintern,
als man noch in der Natur
sogar mit einem Schlitten fuhr.
Doch mein Peine, wo ich wohne,
wird mediterrane Zone.
Man empfiehlt in solchen Fällen
sich auch darauf einzustellen
und man stellt schon mal darum
hier auch die Ernährung um.
Statt Kartoffeln, so wird's sein,
kellert man Spaghetti ein
und statt Petersilie steht
man am Oreganobeet.
Es empfiehlt sich, auf dem Rasen
den Swimmingpool schon aufzublasen
und im Garten da im Ganzen
Kokospalmen einzupflanzen,
um den Sommer dann im Garten
unter Palmen auch zu starten.
Da fällt mir ein, im Keller hatte
ich noch eine Langspielplatte
und Celentano, wie wir hören
kommt so noch zu neuen Ehren.
Man erlebt dabei als Ziel
mediterran ein Hochgefühl.
Der Italiener, wie wir wissen,
sieht die Welt nicht so verbissen

und der deutschen Seele tut
so was sicher auch ganz gut.
Verändern würde sich da eben
sicher auch das Liebesleben.
Mediterran denkt immerhin
auch die Lebenspartnerin
und sie flüstert mir am Ohre
irgendetwas von Amore...

Vergesslich

Viagra hilft zum Stand der Dinge
dem Rentner kräftig auf die Sprünge.
Laut Umfrage, so soll es sein,
70 % nehmen es ein.
30% wissen darum
hinterher nicht mehr warum...

Kinderprämie

Die Wirtschaft wandelt allemal
derzeit durch ein tiefes Tal.
Das hat hier in unserem Land
die Regierung auch erkannt
und man hat sich über Nacht
Maßnahmen da ausgedacht,
die Konjunktur mit diesen Dingen
wieder mehr in Schwung zu bringen:
Ist man auch noch so hart gesotten,
es gilt das Auto zu verschrotten
und man streicht, so soll es sein,
die Verschrottungsprämie ein,
wenn man sich da gleich gepflegt
ein neues Auto zugelegt.
Mein Auto hat in Peiner Landen
nun auch den TÜV nicht überstanden
und ich ließ das gute Stück
dabei voller Frust zurück.
Somit schaffte ich mir dann
ein gebrauchtes Fahrrad an
und kam nun bei solchen Übeln
"prämienmäßig" doch in's Grübeln:
Ob man als braver Bürger dann
dafür nichts bekommen kann,
weil ich in Peine, wo ich wohne,
nun auch noch die Umwelt schone?
Mein Antrag wurde, wie erwähnt,
zwischenzeitlich abgelehnt.
Leider gebe es zurzeit
da noch keine Möglichkeit.
Doch man wies mich immerhin
auf die Kinderprämie hin.

Nun habe ich da schon nicht minder
3 Kinder und 6 Enkelkinder,
so dass man sicherlich sodann
an ein "Neues" denken kann.
Dazu hat man immerhin
eine Lebenspartnerin.
So werde in den nächsten Tagen
ich sie gut vorbereitet fragen.
Mal hören, was sie davon hält,
ich freu' mich schon auf's "Kindergeld".

Wir installieren DVD

Unterm Fernseher da steht
bei uns ein Videogerät,
wo die Funktion, als alter Knabe,
ich auch fast begriffen habe.
So nehme ich mir da zuhauf
meistens Fußballspiele auf
und die schaue ich mit dann
so um Mitternacht dann an,
wenn die Partnerin enteilt
und in "Morpheus Armen" weilt.
Leider hat nun, leicht betagt,
der Zahn der Zeit daran genagt,
wobei da nun auch "auf Ehre"
nichts zu reparieren wäre.
Draußen auf der grünen Wiese
wartet der Elektroriese
und wir wurden wissenswert
"gerätemäßig" aufgeklärt
und nach einer Stunde hatte
man DVD "mit fester Platte".
Das Installieren sei zudem
für 2 Personen kein Problem.
Zu Hause sahen wir uns dann
die Gebrauchsanleitung an,
die nun aber offenbar
voll von fachchinesisch war.
Schließlich ist uns nun verzwickt
der Kabelanschluss auch geglückt
und per Display gab man uns dann
auch die nächsten Schritte an.
Leider wurde das dann eben
nur in englisch vorgegeben,

wo da plötzlich Worte standen,
die wir im "Langenscheidt" nicht fanden.
Telefonisch legte man
nun auch eine "Hotline" an,
die uns dann voll Sachverstand
mit den Kindern auch verband.
Nach 2 Stunden wurd' verschreckt
eine Möglichkeit entdeckt,
wie man die Erklärung dann
auch in deutsch erhalten kann.
So haben wir bis in die Nacht
damit unseren Tag verbracht,
bis das Gerät sich präsentierte
und augenscheinlich funktionierte.
Die Feinheiten und weitere Fragen
klärt man in den nächsten Tagen...
Doch bis dahin hat es eben
seinen Geist längst aufgegeben
und man bietet uns sodann
sicher schon "was Neues" an.

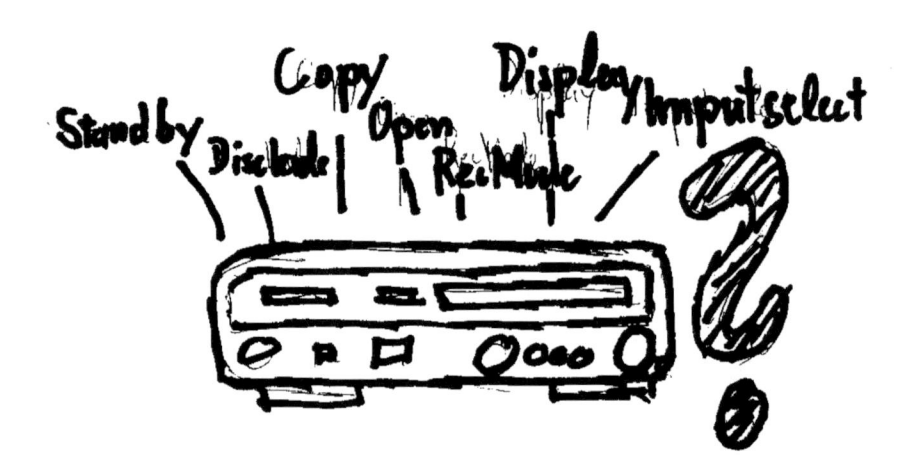

Wir nutzen DVD

Als Rentner schaut man etwas mehr
Fernsehfilme als vorher.
Es unterscheiden sich indessen
"partnermäßig" die Interessen
und als Folge schafft man dann
ein DVD - Gerät sich an,
was nun wieder dazu führt,
dass man sich "technisch" informiert.
Nach "Fehlversuchen" lernt man dann,
wie man programmieren kann.
Ein Disney-Film am Freitagabend
ist erholsam und erlabend.
Gleichzeitig war aber auch
auf RTL der Günter Jauch.
Für mein Schätzchen war zudem
das "Traumhotel" sehr angenehm.
Das Programm nahm uns die Sorgen:
"Ich programmier das Dienstagmorgen!"
Am Samstag wurde in der Nacht
ein Film mit Dieter Pfaff gebracht.
Uns war das Ganze etwas spät.
Hier hilft das DVD - Gerät!
Zur Sicherheit hab' ich da eben
noch 10 Minuten zugegeben.
Dienstagabend sah man dann
sich das Aufgenommene an.
Leider hatte ungelogen
das "Dschungelcamp" wohl überzogen
und es wurde angeschaut,
wie die Van Bergen Hoden kaut.
Der Dieter Pfaff kam folgenschwer
'ne halbe Stunde hinterher.

Auf meiner Stirn, wie man wohl weiß,
bildete sich kalter Schweiß.
Zum Schluss war dann, so ist der Lauf,
bei Dieter Pfaff der Schluss nicht drauf.
Grad' beim wichtigsten Geschehen,
blieb die Kiste einfach stehen.
Von Mordlust sprach nun immerhin
meine Lebenspartnerin.
Tröstend sprach ich: "Eventuell
hab' ich für dich das "Traumhotel".
Leider hat man ungeniert
wohl Änderungen durchgeführt.
Statt Traumhotel, es war kein Fehler,
war auf der Mattscheibe Horst Köhler.
Man übertrug, was keiner mag,
mal wieder aus dem Bundestag,
wonach es aber wundersam
bei uns zur "Ehekrise" kam.

Hundekacke

Ein Dauerthema unserer Tage
ist wohl auch die Hundefrage.
Es führen Fressen und das Saufen
hinterher zu braunen Haufen.
So mancher ist da ungebeten
sicherlich schon rein getreten.
Unser Hund ist, ungelogen,
dabei aber so erzogen,
dass er im Großen Ganzen meist
nicht sinnlos in die Gegend sch...
Er erledigt das im Garten.
Man kann meistens darauf warten,
dass man die Geschichte dann
gefahrlos auch entsorgen kann.
Doch viele Leute nehmen lieber
das "Hundeklo" gleich gegenüber.
Für ihre Hunde haben sie
die Telgter Laubenkolonie
und es dient zu diesem Zwecke
ein Feldweg direkt an der Hecke,
wo dabei von früh bis spät
nun halb Telgte Gassi geht.
Mancher Bürger stellt vorab
da aber auch sein Auto ab,
wobei er aber, wie's so geht,
direkt in der Sch... steht.
Mir fällt da im Nachhinein
auch der Thomas Gottschalk ein,
wo Kandidaten da vor Wochen
an den Exkrementen rochen
und gleich wussten, welches Tier
ist "verantwortlich" dafür.

Das müsste auch, man sieht es ein,
bei Hundehaufen möglich sein.
Man schnuppert nur kurz mit der Nase:
"Fiffi aus der Fröbelstraße!!"
Doch da wird man, wie wir wissen,
noch sehr lange üben müssen.

Kleinkunst mit offener Hose

Hier im Kreis Peine bietet man
uns auch sehr viel Kleinkunst an.
Stellmacherei, Teatr-Dach
bieten uns da Kunst vom Fach.
Auch das Forum, wie ich meine,
steht da nicht zurück in Peine.
Üblich ist, kurz nachgedacht,
dass so ein Künstler Pause macht,
wo auch das Publikum sodann
sich mal kurz "erleichtern" kann.
Die Pause hatte nun, man stutzt,
der Künstler auch dazu genutzt.
Leider stand, es macht betroffen,
da noch seine Hose offen,
was man sofort registrierte
und zu gewisser Hektik führte.
Man wollte nun dem Guten eben
verständnisvoll ein Zeichen geben,
was der aber ganz gezielt
offenbar für Beifall hielt.
Ab und zu schob er dann lose
auch noch die Hand in seine Hose,
was nun, schneller als man dachte,
die Geschichte spannend machte.
Auf die Hose sah darum
nun fasziniert das Publikum,
wobei aber offenbar
das Programm echt Spitze war.
Aus diesem Grunde bot man dann
uns zwei Zugaben noch an,
wozu er dann wundersam
wieder auf die Bühne kam.

Nun hatt' die liebe Seele Ruh',
denn plötzlich war die Hose zu,
was den Beifall, der ihm blieb,
in ungeahnte Höhen trieb.
Er wird mir nun nach solchem Treiben
wohl immer im Gedächtnis bleiben!

Der Glöckner

Es weiß wohl jeder in der Stadt:
Wohl dem, der eine Kirche hat,
wo Christ und Technik, wie geschmiert,
gleichermaßen "funktioniert".
St. Jacobi, wie ich meine,
ist ein Wahrzeichen von Peine
und es ist der Innenraum
kunsthistorisch wohl ein Traum.
Die Tageszeit zeigt uns beizeiten
die Turmuhr hier gleich nach 4 Seiten,
die nun das Kirchenvolk bedrückt,
denn seit August spielt sie verrückt.
Da hat nun in jenen Tagen
ein Blitz in Peine eingeschlagen.
Der Wetterdienst zeigt im Bericht,
der Einschlag lag wohl ziemlich dicht,
wobei, das bringt die Sache mit,
die Elektronik Schaden litt.
Die Turmuhr hat seither zudem
mit der Zeit nun ein Problem
und es lockt zu hehrem Ziel
um Mitternacht das Glockenspiel.
Daher stellte man vorab
die Glocken nun ganz einfach ab,
wobei nichts anderes übrig blieb:
Man schaltete auf Handbetrieb.
Allerdings sind nun deswegen
die Glocken sehr schwer zu bewegen,
womit nun doch so mancher Christ
nach Kräften überfordert ist.
Man stellt nun wohl, so wird es sein,
hier bald einen Glöckner ein.

Man sucht daher laut Beschluss
bald einen Rentner, gut in Schuss,
noch intakt, mit etwas Zeit
und mit gewisser Pünktlichkeit.
400 Euro sind als Ziel
des Kirchenkreises nicht zuviel.
So kam es, dass ich alter Knabe
mich hier gleich beworben habe.
Auch Quasimodo fing sodann
in Paris mal ganz klein an...

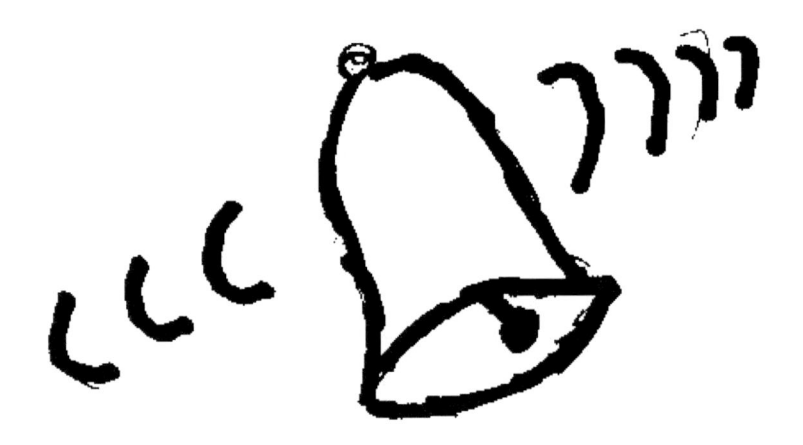

Abwrackprämie

Die Abwrackprämie ist inmitten
der Politiker umstritten
und es wird schon nachgedacht:
Hat sie wirklich was gebracht?
Ist das Ganze nicht dabei
nur noch Augenwischerei?
Wozu hat sie nun geführt?
Wer hat wirklich profitiert?
Schon beginnt man nachzudenken
die Prämie einfach abzusenken
oder wird sich selbst bemühen,
seinen Nutzen da zu ziehen.
So drückt uns nun dieser Tage
weiterhin die Rentenfrage,
denn die Rentner sind zudem
ein recht übles Grundproblem.
Sie werden schließlich folgenschwer
immer jünger, immer mehr
und man wird aus diesen Gründen
die Abwrackprämie da verbinden.
Natürlich ist nun von Interesse
bei der Verschrottung auch die Presse.
Ab 65 wendet man
dann eine neue Regel an:
Der Rentner muss bei diesem Treiben
dann im Auto sitzen bleiben...
Man schlägt dann, was nicht von Pappe,
zwei Fliegen gleich mit einer Klappe
und weil man davon nichts mehr hat,
fällt dann die Prämie an den Staat.
Davon kann man unbesehen
die Diäten dann erhöhen...

Da bleibt nun auch dem größten Jecken
das Lachen glatt im Halse stecken.

Das Scherflein

Hier im Lande will man eben
die deutsche Wirtschaft neu beleben.
Die Arbeitgeber tragen frei
dazu auch ihr "Scherflein" bei...
Ist das Scherflein da, zur Klärung,
in Deutschland nun die neue Währung?
So fragte da nun voll Elan
der Genosse Bsrske an.
Mit den Namen käm' der Olle
durch keine Alkoholkontrolle...

Der Fischreiher

Man ist froh hier in der Stadt,
wenn man einen Fischteich hat.
Allerdings ist da ein Reiher
auch kein Anlass zu 'ner Feier,
zumal sie aus verschiedenen Gründen
unter Naturschutz sich befinden.
In den Wiesen und den Auen
sind sie auch schön anzuschauen
und an der Fuhse, aus der Ferne,
hab' ich den Vogel richtig gerne.
Aber warum, bitte sehr,
macht er auch meinen Fischteich leer?!
Meinen Teich hab' ich gewitzt
im Frühjahr durch ein Netz geschützt.
Zum Wuchs der Pflanzen, wie wir wissen,
werd' ich es nun entfernen müssen.
Darauf wartet voll Vertrau'n
der Reiher auf dem Gartenzaun.
Auch als der Hund ihn da entdeckt,
hat das den Vogel nicht erschreckt
und der hat dann auch indessen
vor Schreck das Bellen hier vergessen.
Selbst die Katze sah wohl hier
nie so ein großes Vogeltier,
wobei sie dann in die bewusste
psychiatrische Behandlung musste.
So fing der Vogel dann inzwischen
auch schon wieder an zu fischen.
Nun kaufte ich aus bunter Pappe
einen Reiher als Attrappe.
Doch hat ihn da nach kurzer Zeit
der neue Kumpel sehr erfreut

und man war nach ein paar Stunden
auch schon freundschaftlich verbunden.
Auch Windräder, zu diesem Zwecken,
konnten ihn nur kurz erschrecken.
Neulich ist er hoch im Bogen
über uns hinweg geflogen
und ich wette, in der Tat,
dass er mir zugezwinkert hat.

Verfallsdatum

Bei Lebensmitteln hau'n uns locker
die Preiserhöhungen vom Hocker
uns so kauft man, was uns schmeckt,
gern aus der Werbung laut Prospekt.
Preisbewusst legt man sich dann
auch mal einen Vorrat an.
Tetra, Folie und Konserven
bilden eiserne Reserven.
So verfährt auch mit Gewinn
meine Lebenspartnerin.
Per Vorrat könnt' man unbesehen
einen Weltkrieg überstehen.
Mit dem Problem ist sie in Peine
aber sicher nicht alleine...
Man überprüft von Zeit zu Zeit
nun auch die Mindesthaltbarkeit.
Sie schickt mich dazu in den Keller,
denn ein Mann kann so was schneller...
Wer brachte den Karottensaft
einstmals in die Partnerschaft?
Die Pfifferlinge waren leicht
von Tschernobyl noch nicht verseucht.
Darauf weist mit Hintersinn
uns der Preis in D-Mark hin.
Diese Fälle, weil's pressiert,
werden schon mal aussortiert.
So versucht man da mit Fluchen
nach den Verfallsdaten zu suchen.
Schnell gelingt's zu diesen Zwecken
auch den Hinweis zu entdecken.
Man liest in freudiger Erregung:
Datum- siehe Bodenprägung.

Warum setzt man allgemein
da nicht gleich das Datum ein????
Wahrscheinlich wird man, wie wir wissen,
die Dose nun erst öffnen müssen.
Manchmal bietet man uns dann
den Hinweis "siehe Deckel" an.
Auf dem Deckel hat indessen,
man das Datum wohl vergessen,
denn aus unbestimmten Gründen
ist auf dem Deckel nichts zu finden.
Schön ist es, wenn man da zum Schluss
das Datum noch entschlüsseln muss,
und so sucht man folgenschwer
auf der Verpackung hin und her.
Mancher hat dabei schon leicht
selbst das "Verfallsdatum erreicht"...

Ostereier

Ein "Highlight" waren, ohne Frage,
doch die warmen Ostertage,
die man, schöner als man dachte,
im Garten gut gelaunt verbrachte.
Dazu freut uns nun nicht minder
auch ein Besuch der Enkelkinder,
die inzwischen, wie wir wissen,
schon allesamt zur Schule müssen.
Natürlich glaubt in diesen Phasen
man nicht mehr an den Osterhasen.
Sonst versteckte ich beizeiten
im Garten ein paar Kleinigkeiten,
doch dieses Jahr, da schien mir halt
die Rasselbande doch zu alt,
worüber aber offenbar
meine Tochter sauer war:
"Wie kann man Ostern nur indessen
das Verstecken bloß vergessen?"
Es wurde, schneller als man denkt,
die Enkelschar kurz abgelenkt.
Man versteckte zu der Feier
schnell noch Opas Ostereier
und mit vorwurfsvollem Blick
kam man an den Tisch zurück.
Danach wurde, weil es eilt,
kurz den Kindern mitgeteilt,
dass der Hase offenbar
doch noch in Opas Garten war
und, das bringt der Stress so mit,
nur unter Verspätung litt.
Jubelnd brach dann im Verlauf
die Bande nun zum Suchen auf

und man freute sich beizeiten
über "Opas Kleinigkeiten".
Zum Eiersuchen ist man halt
als Jugendlicher nie zu alt.
Eines hab ich, gut versteckt,
heute Morgen noch entdeckt...

Sommerzeit

Endlich ist es nun soweit,
es beginnt die Sommerzeit.
Das beschäftigt allemal
uns vor allem auch mental.
Samstagabend sah man dann
Deutschland-Tschechien sich an.
Tschechin ist auch immerhin
meine Lebenspartnerin.
Meine Freude war daher
einseitig und folgenschwer.
Vielleicht war auch, wenn man's beschaut,
mein Torjubel da etwas laut.
Man sollte sich in reiferen Jahren
die Runde um den Tisch ersparen.
"Bei Delling" hab' als Mann von Welt
ich dann die Uhren umgestellt.
Beim Video gab es zudem
da ein technisches Problem
und ich habe leicht verschreckt
meine Partnerin geweckt,
die auf dem Sofa offenbar
beleidigt eingeschlafen war.
So habe ich mir ungelogen
weiter Unmut zugezogen.
Am Sonntag gab es trotz Verdruss
dann einen "Guten Morgen Kuss".
Dazu setzte ich sodann
auch eine Stunde früher an.
Allerdings hatt' ich indessen
augenscheinlich wohl vergessen,
dass der Wecker offenbar
auch schon "vorgenudelt" war.

Somit bringt der Morgenkuss
zwei Stunden früher oft Verdruss,
was dabei, als das passierte,
zu einer Drehbewegung führte.
Man sollte da in solchen Fällen
keine Absicht unterstellen
und dem Schreiber dieser Zeilen
wird das "Veilchen" auch bald heilen
und so möchte ich bekunden:
"Die Sommerzeit heilt alle Wunden!"

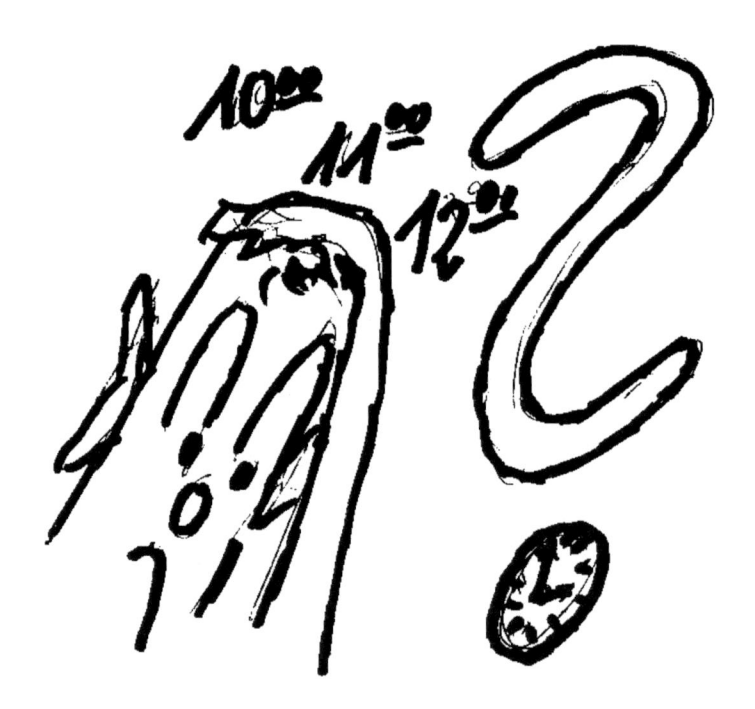

Wo sind die Briefkästen geblieben?

Neulich wollte ich am Morgen
schnell noch einen Brief "entsorgen".
Früher einmal hatten wir
den Briefkasten fast vor der Tür
und als nächstes kam ein zweiter
auch nur ein paar Straßen weiter.
Beide sind aus Kostengründen
aber längst nicht mehr zu finden
und so bleibt hier auf die Schnelle
nur die Postamt-Außenstelle.
So kam ich auf diese Weise
zu Fuß zu einer "Halbtagsreise".
Nun habe ich in diesen Tagen
der Post auch etwas vorzuschlagen:
Man sollte nicht darauf verzichten,
hier einen "Post-Shop" einzurichten,
der den Bürger, weil es nützt,
bei seinem Fußmarsch unterstützt.
Sinnvoll sind zu diesem Zwecke
sicher Nordic-Walking- Stöcke
und es wär', nicht zu verhehlen,
ein leichter Rucksack zu empfehlen.
Außerdem gibt's zur Bewegung
eine kleine Marschverpflegung
und der Post-Shop Kunde steht
hier auf dem Post-Shop Lunchpaket.
Erfolgreich wäre auch die Bitte
nach einer kleinen Wanderhütte.
Hier säße dann der Post-Shop Kunde
abends noch in froher Runde.
Sehr beliebt ist auch dazu
der gelbe Post-Shop Wanderschuh.

Walking T-Shirts sind sehr schön
mit einem Posthorn auch verseh'n.
So geht der Brief auf diese Weise
werbewirksam auf die Reise
und man schreibt den Slogan nieder
dazu "Trimm dich, schreib' mal wieder!"
So wird dieses Sportgeschehen
die Krankenkasse gerne sehen
und so gibt man hier bald kund:
Postkunden sind auch gesund!
Wie war es früher doch zudem
unsportlich und zu bequem,
als wir noch zum Kasten schlurften
und noch nicht mal wandern durften!

Maikäfer

Wenn es warm wird, geht man halt
abends gern mal in den Wald,
wo es im Herzberg, wundersam,
zu einer Überraschung kam.
Da ist mir nämlich, ungelogen,
ein Brummer an den Kopf geflogen.
Maikäfer waren, ohne Frage,
früher eine große Plage,
denn sie haben einst indessen
ganze Wälder kahl gefressen.
Der Käfer ist in unserer Zeit
inzwischen eine Seltenheit
und man erinnert sich sofort
an die Kindheit hier vor Ort.
Für uns Kinder waren schon
Maikäfer die Attraktion,
wobei wir damals die vertrackten
Viecher uns in Kisten packten.
In den Deckel, noch und nöcher,
bohrte man diverse Löcher
und verschloss das ganze Ding
dann mit einem Einmachring.
Als Verpflegung, das muss sein,
kamen Blätter mit hinein
und man hatte danach eben
in der Kiste pralles Leben.
Die Weibchen waren dabei halt
von etwas kräftiger Gestalt.
Die Männchen waren dabei dank
der Bewegung rank und schlank,
wozu sie öfter als wir dachten,
in der Kiste "Kutsche machten",

worüber Mädchen und auch Knaben
sich doch sehr gewundert haben.
So hatte man da nebenbei
die "Aufklärung" noch kostenfrei.
Wir teilten sie im Nachhinein
dann noch in Berufe ein.
Bäcker konnt' man fliegenlassen,
Schornsteinfeger gab's in Massen.
Für drei von ihnen, unbenommen,
war ein Kaiser zu bekommen.
Ab und zu, da hatten sie
auch Bewegungstherapie.
Zum Fliegen ließ man sie dabei
in geschlossenen Räumen frei,
worüber mancher Lehrer dann
sicher noch berichten kann.
Leider wird nun so was eben
die Jugend heut nicht mehr erleben.

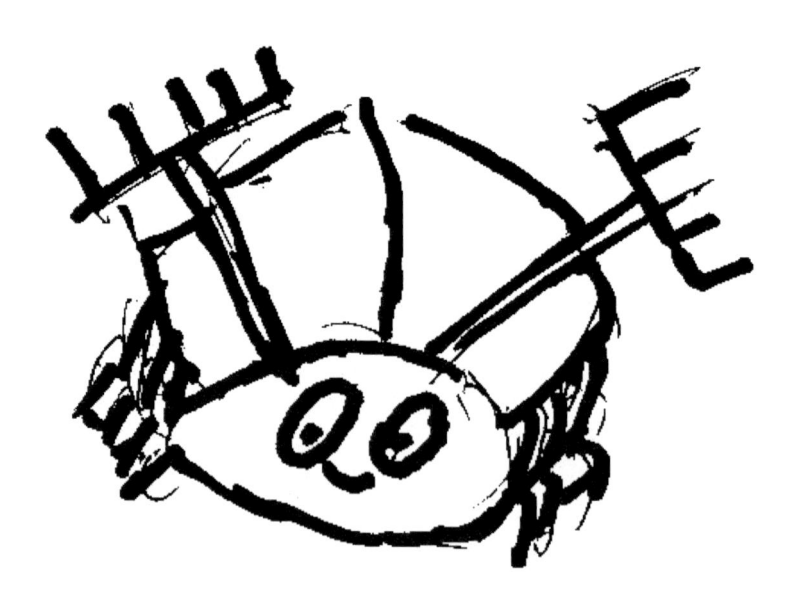

Preisgünstig

Schwierig ist heut, ohne Frage,
für Rentner die Versorgungslage,
wenn es gilt, da unbenommen
mit der Rente auszukommen.
Lebensmittel bietet man
uns günstig in der Werbung an.
Als Verbraucher, da entdeckt
man manches Schnäppchen im Prospekt.
Allerdings ist da fast allen
etwas Neues eingefallen
und man senkt hier viele Preise
dabei nur noch tageweise.
Neulich wollte ich indessen
mal "preisgünstig" ein Brötchen essen.
Am Dienstag bot der Händler dann
zum Sonderpreis 10 Brötchen an
und am Donnerstag da hätt'
er in der Werbung auch das Mett.
Am Samstag dann, wer will's verübeln,
hätt' er günstig noch die Zwiebeln
und so habe ich entdeckt,
das "Preisgünstig" oft seltsam schmeckt.
Letztens musst ich, wie befohlen,
Kartoffeln "aus der Werbung" holen.
Ich erfuhr dann "auf der Matte",
dass man die nur gestern hatte
und es bot der gute Mann
mir eine Kiste "Härke" an,
die nur heute offenbar
dafür äußerst günstig war.
Doch überzeigt der "Reingewinn"
nicht meine Lebenspartnerin.

Es empfiehlt sich, so deswegen
einen "Schlachtplan" anzulegen,
womit man aber dann, auf Ehre,
jeden Tag auf Achse wäre
und man führe folgenschwer
mit dem Auto hin und her.
Man förderte nun damit auch
natürlich seinen Spritverbrauch
und man hätte, nicht zuletzt,
der Umwelt kräftig zugesetzt.
Per Fahrrad lässt sich unbesehen
das nur mit Doping überstehen
und man erkennt auf jeden Fall:
Veräppelt wir man überall!

Mittagspause

Erholsam ist es in der Stadt,
wenn man einen Garten hat,
wo man sich doch dann und wann
nebenher entspannen kann.
So steht in der Mittagszeit
da ein Liegestuhl bereit.
Man beginnt nach kurzem Lesen
"wellnessmäßig" einzudösen.
Da reißt mich unterm Apfelbaum
Bassgehämmer aus dem Traum,
denn irgendwo ist ungefragt
mittags "Techno" angesagt
und so tönt es auch darum
immer lauter "wumm-wumm-wumm",
worunter sich nun noch inzwischen
kräftig Orientklänge mischen.
Auf dem Balkon hört man wohl gerade
Anatoliens Hitparade.
Man hat hier zu diesem Zwecke
den Orient fast um die Ecke.
So fühlt man sich da zuletzt
zum Strand von Side hinversetzt.
Im Urlaub hat mich, wie man hört,
dieser Sound auch nicht gestört,
doch heute stellt im Nachhinein
sich keine Urlaubsstimmung ein,
weil nebenan, wie man erwähnt,
der Musikantenstadel dröhnt.
Vom nächsten Garten hört man da
nun trallala und hopsasa.
Vom Schrebergarten schließt sich dann
nun russische Folklore an.

Schon erfreut uns hier in Peine
der Grand-Prix-Song der Ukraine.
So hole ich erwartungsfroh
mein altes Kofferradio.
Zur Notwehr und als Freudenspender
hilft nur noch der Oldiesender
und der brave Mann entdeckt
so den Rummelplatzeffekt.
Scheinbar ist, laut sei's geklagt,
Rücksicht heut' nicht mehr gefragt!

Wie funktioniert ein Bidet?

Im Sommer hat man ganz beflissen
unsere Straße aufgerissen
und man sperrte lange die
Telgter Laubenkolonie.
Man musste hier, wie sie beteuern,
die Kanalisation erneuern.
Selbstverständlich stehen dann
für Anlieger auch Kosten an.
So sieht man uns mit schlechten Karten
noch immer auf die Rechnung warten.
Allerdings scheint es da eben
ein paar Probleme nun zu geben,
denn durchgespült wird allemal
zum x-ten Mal hier der Kanal.
An dieser Stelle fällt mir ein,
sollten Sie beim Frühstück sein,
empfiehlt es sich in diesen Fällen
das Weiterlesen einzustellen.
Für die "Spülung" wendet man
hochmoderne Druckluft an,
wobei der Überdruck dann leicht
bis in die Toilette reicht
und es wird, wie man vermutet,
schon mal der Boden leicht geflutet.
Der Geruch ist dazu pur
"ländlich kräftiger Natur".
Man trifft dann auf so genannte
gute "ältere Bekannte".
Die Fliese hat, wie wir entdecken
nun "toskanabraune" Flecken.
Die Gründe liegen, hört man munkeln,
bei dieser Spülung wohl im Dunkeln.

Die Arbeiter, da sind sie eigen,
hüllen sich in tiefes Schweigen.
Neulich hat mich ungefragt
ein Bedürfnis leicht geplagt.
Dazu ist man, wie man hört,
auch hygienisch aufgeklärt.
Man möchte nicht darauf verzichten,
das im Sitzen zu verrichten.
In dem Moment hat man gezielt
die Leitung wieder durchgespült
und mir wurde demonstriert,
wie ein Bidet heut' funktioniert.
Ich möchte dazu nun mitnichten
Einzelheiten hier berichten.
"Anrüchig" erscheint es eben,
im Stadtteil Telgte hier zu leben.

Wasserrutsche

Als Opa freut mich da nicht minder
der Besuch der Enkelkinder,
besonders, wenn sie unbenommen
aus dem fernen Bayern kommen.
So ist man froh, dass unsere Stadt
den Kindern was zu bieten hat
und man sucht, so ist der Lauf,
natürlich auch das Spaßbad auf.
Förderlich in jeder Weise
sind hier die Familienpreise
und so genoss man unumwunden
hier zwei frohe Mußestunden.
"Opa komm, lass es jetzt flutschen,
wir wollen mal zusammen rutschen!"
So ging es dreifach angeschoben
auf steiler Treppe da nach oben,
wo ich nun erst die bewusste
Aussicht noch bewundern musste.
Etwas ängstlich sah ich dann
mir die "Gebrauchsanweisung" an,
doch leider war da allgemein
die Schrift für mich nun viel zu klein.
Ich stieg hinab um mir verstohlen
meine Brille da zu holen.
Leicht erschöpft ging es zuhauf
die vielen Stufen wieder rauf,
wobei ich merkte, dass man dann
mit Brille wohl nicht rutschen kann.
Also ging es froh und munter
die ganze Treppe wieder runter.
Beim dritten Anlauf gab's zudem
konditionell nun ein Problem,

doch schließlich ging es allemal
per Alurutsche nun zu Tal.
"Mensch Opa, das ist affengeil,
die blaue Rutsche ist schön steil!"
So habe ich mir, alter Mann,
das Ding dann auch noch angetan.
So "lustig" muss wohl allgemein
auch das Bungeejumping sein.
Wutsch und Platsch, it's wonderful,
der Spaßfaktor geht gegen null.
Trotzdem haben wir gelacht,
das Spaßbad hat uns Spaß gebracht.
Nun weiß ich, dass ich alter Knabe
hierüber viel gelästert habe,
doch irgendwie war ich, was soll's
auf unser Bad hier richtig stolz!

Überwachungskamera

Hier im schönen Deutschland hat
man fast den "Überwachungsstaat".
Überall, wenn man's beschaut,
sind Kameras heut' eingebaut.
Auch bei Lidl hat man da
die Überwachungskamera,
die eigentlich, was auch sehr nützt,
vor Überfall und Diebstahl schützt.
Nun hat man sie wohl da zuletzt
"für Mitarbeiter" eingesetzt
und die Arbeit Tag und Nacht
per Kamera hier überwacht.
Das geht selbst in heutiger Zeit
da natürlich viel zu weit.
Allerdings wär' so was auch
etwas für den "Hausgebrauch"...
Man könnte so aus diesen Gründen
hier im Haus die Täter finden.
Wer lässt da, es macht betroffen,
die Wasserflasche immer offen
und wer verbraucht am Tage hier
die halbe Rolle Klopapier?
Wer hat in der letzten Nacht
das Radio nicht ausgemacht?
Wer hat heimlich da indessen
den halben Kühlschrank leer gegessen
und wer machte danach hier
nicht mal zu die Kühlschranktür?
Wer hat in der Nacht, man stutzt,
die Schokolade weggeputzt?
Wer hat morgens, wie's so geht,
die Zahnpasta nicht zugedreht?

Von wem muss man danach entdecken
das Barthaar im verschmutzten Becken
und wer hat da unverdrossen
in der Küche Bier vergossen
und wer hat sich da zuletzt
beim Pinkeln wohl nicht hingesetzt?
Aber halt, bei solchem Treiben
lass ich die Überwachung bleiben,
weil es sonst ohne Not passiert,
dass man sich selber überführt!

Nacken verdreht!

Mein schönes Peine, wo ich wohne,
hat eine nette Einkaufszone,
wo man gerne dann und wann
mit der Liebsten bummeln kann.
Es empfiehlt sich da beizeiten,
sie beim Einkauf zu begleiten.
Schließlich braucht man einen Deppen,
das ganze Zeugs nach Haus zu schleppen.
Doch ganz ehrlich, mir macht das
irgendwie auch selber Spaß.
So trifft man die so genannten
Freunde oder auch Bekannten
und man ist, wie sich schnell zeigt,
einem Plausch nicht abgeneigt.
So wird dann schließlich locker, leicht
der Kosmetik-Shop erreicht.
Als Mann empfiehlt bei diesem Treiben
sich sicherlich das Draußenbleiben,
denn der Duft hängt hart gesotten
sonst stundenlang in den Klamotten.
Man hat da zu solchem Übel
einen schönen Blumenkübel,
wo man als gestresster Mann
sich gut niederlassen kann.
Halbkreisförmig ist da schön
der Kübel mit 'ner Bank verseh'n,
allerdings, wohl nicht zum Schaden,
mit Blickrichtung nur auf den Laden.
So muss der Strasse buntes Treiben
wohl hinter meinem Rücken bleiben.
obwohl mir doch die Damenwelt
leicht bekleidet gut gefällt.

Den Kopf hab' ich da, wie's so geht,
um 180 Grad gedreht.
Ein Uhu kann das, wie man weiß,
ringsherum im ganzen Kreis.
Nur bei mir hat es da eben
plötzlich einen Knacks gegeben
und ich hatte jedenfalls
plötzlich einen steifen Hals.
Den Schaden hab' ich, weil es eilt,
dem Rat der Stadt gleich mitgeteilt
und habe da in diesen Tagen
Drehsessel nun vorgeschlagen.

Das Tüpfelsumpfhuhn

So manches Tier ist in der Not,
manche Pflanzen sind bedroht.
In Niedersachsen treibt man dann
auch den Artenschutz voran.
Jeder Landkreis, niemand fehlt,
hat eine Gattung ausgewählt,
die er als erklärtes Ziel
nun symbolisch schützen will.
Biber, Adler, Eule, Fuchs,
Libelle, Knabenkraut und Luchs,
Feuerfalter, Haselmaus
suchte man sich dazu aus.
Das Tüpfelsumpfhuhn blieb alleine
übrig für den Landkreis Peine.
So ein Sumpfhuhn, ja das steht
auch für Lebensqualität,
wie man sicher dann und wann
beim Freischießen bewundern kann.
Das Sumpfhuhn hat, man glaubt es kaum,
in Zelten seinen Lebensraum
und braucht dabei, wie ich es sehe,
hier vor allem Thekennähe.
Für etwas Bier wird es uns danken
und der Gang beginnt zu schwanken.
Auch ein Korn wird, wie's so geht,
von einem Sumpfhuhn nicht verschmäht.
Der Blick wird trübe und man hört,
das Sprachvermögen wirkt gestört.
Nach vielen Bieren meint es dann,
dass es nun auch fliegen kann,
was dann aber ungeniert
auch zu bösen Stürzen führt.

Oft wird es dann, um's mal zu nennen,
sein Weibchen nur sehr schwer erkennen.
Ab und zu versucht im Ganzen
das Sumpfhuhn auch einmal zu tanzen,
doch ist es dabei, wie erwähnt,
nur selten von Erfolg gekrönt.
Nahrung nimmt es da zuhauf
nun auch meistens flüssig auf.
Auch außerhalb der Paarungszeit
ist es oft gesprächsbereit,
wobei es aber dann und wann
auch mal das Weibchen wechseln kann.
Ab Mittwoch fängt das Sumpfhuhn dann
stundenlang zu schlafen an
und es setzt da im Verein
der Winterschlaf im Sommer ein.
Doch Spaß beiseite, wie mir scheint,
ist dieses Sumpfhuhn nicht gemeint.

Wartezeit

Es drückt uns Bürger doch enorm
bei der Gesundheit die Reform.
So "reformiert" nun auch beizeiten
die AOK die Räumlichkeiten.
Als Übergang, da bietet man
uns daher den Keller an
und direkt vorne hat man hier
ein Riesenschild gleich an der Tür.
Auf dem Schild, da bittet schon
die AOK um "Diskretion"
und es würd' derzeit dann eben
auch keine Beratung geben.
Trotzdem wird darum gebeten,
bitte einzeln einzutreten,
was mich dann auch, in der Tat,
irgendwie gewundert hat.
Auf dem Stuhl da saß nun hier
schon ein Rentner vor der Tür.
Der trug dabei ganz apart
schon einen 3-Tage-Bart.
Ich schloss daher, wer will's bestreiten,
auf etwas längere Wartezeiten.
So habe ich mich dann zuletzt
laut Vorschrift auch dazugesetzt.
Leider ist dann unbenommen
niemand aus der Tür gekommen.
Vielleicht hat hier zu diesem Ziel
Herr Kessler seine Hand im Spiel
und man hat hier ungeniert
die Mittagsruhe eingeführt?
Nach einer Stunde rief mich dann
per Handy meine Liebste an:

"Wo bleibste denn, es ist schon spät!"
"Ich kann grad nicht, ich bin diskret!!"
Trotzdem bin ich ungebeten
irgendwann dann eingetreten.
Man saß da in froher Runde
und nirgendwo war hier ein Kunde.
Man meinte, dass ich alter Knabe
die Schilder falsch verstanden habe.
Doch man sollte daraus lernen,
die Dinger schnellstens zu entfernen,
denn sonst kriegt die Ulla Schmidt
diese Sache auch noch mit!

Telemüll

Flatrate, Internetanschluss
sind wohl heute fast ein "Muss"
und man hält für gutes Geld
damit "Anschluss an die Welt".
Sicherlich hab' ich zudem
da technisch manchmal ein Problem,
doch so etwas erleichtert schon
sehr die Kommunikation.
Man kann nun mit dem Verfahren
sicher viel Papier einsparen
und auf der Erde, wo wir wohnen,
ganz nebenbei die Umwelt schonen.
Doch die Freude wird gedämpft,
denn der Markt ist heiß umkämpft,
und per Brief da bietet man
uns ständig nun Tarife an.
Wir haben uns da längst entschieden,
sind mit dem Anbieter zufrieden,
doch werden wir, das passt in's Bild,
mit Werbung weiter "zugemüllt".
Die Anbieter verschwenden hier
tonnenweise das Papier,
wofür man in der dritten Welt
sinnlos manche Bäume fällt.
Jede Woche bietet dann
"Kabel Deutschland" Dienste an
und man fragt sich sorgenvoll
wie man sich noch schützen soll.
Wenn es klappt, dann hat man eben
gleich den Brief zurückgegeben,
den ganzen Rest schickt man im Stück
dann als "unerwünscht" zurück.

Egal, ob man es sich verbittet,
man wird weiter zugeschüttet.
So kommt mir da nun immerhin
sogar die Bibel in den Sinn:
Man denkt da nun ob solcher Triebe
sicher nicht an Nächstenliebe.
Nein, liebe "Herren von Kabel",
ich denke mehr an Kain und Abel!!

Der Storch

Hier in Telgte ist nun schon
der Storch beliebte Attraktion
und er lebt hier schwindelfrei
auf dem Schlot der Ziegelei.
So zieht er auf diese Weise
über Telgte seine Kreise
und lässt sich dann immer wieder
in den Fuhsewiesen nieder.
Dieses Jahr scheint es vorab
mit der Nahrung etwas knapp,
denn es trifft ihn wohl zurzeit
auch die große Trockenheit.
Am Wochenende nun, nicht minder,
sahen ihn die Enkelkinder,
als er kreisend wundersam
unserem Garten näher kam
und die Kreise analog
dazu immer enger zog.
"Opa", reif man im Verein,
"Opa sperr die Oma ein,
denn sie wird sonst, wie wir wissen,
noch vom Storch in's Bein gebissen!"
Doch da besteht nun offenbar
wirklich keinerlei Gefahr.
Vielmehr galt die Sorge gleich
meinem kleinen Gartenteich,
wo sicherlich zu Nahrungszwecken
dem Storch auch meine Fische schmecken.
Außerdem kämpft da soeben
auch ein Frosch um's Überleben.
Das will ich nicht und "ab dafür",
verscheuchte ich das Schnabeltier.

So habe ich mir, ungelogen,
den Zorn der Enkel zugezogen.
Hart ging man da in's Gericht:
Den Klapperstorch verjagt man nicht,
denn zurück geht allemal
dadurch die Geburtenzahl!

Feuerwehren

Feuerwehren, wie ich meine,
sind ein Segen im Kreis Peine,
weil sie uns vor Feuer schützen
und auch der Erziehung nützen.
Kameradschaft ist als Tugend
vorbildhaft für unsere Jugend.
Dazu ist dann folgerichtig
aber auch die Werbung wichtig
und man sollt' nicht drauf verzichten,
in der Presse zu berichten.
Einmal im Jahr ist sicher dann
auch die Hauptversammlung dran,
wobei man auch, was nicht verkehrt,
verdiente Mitglieder mal ehrt.
Damit es nicht am Vorstand fehlt,
wir der sicher auch gewählt.
In der Zeitung wird berichtet
und die Crew dann abgelichtet.
Hierbei habe ich zudem
aber nun ein Grundproblem,
denn die Bilder zeigen schon
stets die gleiche Position.
Nur die Köpfe sind sogar
offensichtlich "austauschbar".
Hier vermisst der Leser eben
irgendwie doch etwas Leben.
Wie viel besser wäre schon
die Feuerwehr hier in Aktion
und man zeigt sich im Bericht
leicht verrußt noch im Gesicht.
Kann auf dem Foto, um's zu nennen,
nicht wenigstens die Jacke brennen?

Hinterher schließt sich sodann
noch ein zweites "Löschen" an
und voller Stolz trinkt man dann hier
das eine oder andere Bier.
Ein Foto der fidelen Runde
wär' danach in aller Munde...
Nun weiß ich, dass ich alter Knabe
mal wieder übertrieben habe,
doch sicher ist, man wird es sehen,
dass "Feuerleute" Spaß verstehen!

Haarschnitt

Das Geld langt vorn und hinten nicht
und man übt Konsumverzicht.
Bei schmaler Rente fragt man dann,
wo man noch was sparen kann
und es wird dann festgestellt,
so ein Haarschnitt geht ins Geld.
Früher war man sorgenfrei
mit 2 Mark 50 noch dabei,
doch auch hier, wer will's bestreiten,
änderten sich sehr die Zeiten.
Kamm und Schere, so sieht's aus,
hat man schließlich auch zu Haus.
So übernahm das immerhin
meine Lebenspartnerin
und man hat, wie dem auch sei,
sogar noch etwas Spaß dabei,
weil man sich beim Haarschnitt prompt
auch körperlich sehr nahe kommt.
Auch den Rentner, den erfreut
doch geballte Weiblichkeit,
die man dann bei solcher Tat
direkt vor den Augen hat.
Wobei man wieder mal entdeckt,
dass was sich liebt, sich auch noch neckt...
Die Schere wird dann dabei so
zum ungewissen Risiko.
Meine Frau war dieser Tage
gesundheitlich nicht in der Lage
und in kurzer Zeit da hatte
ich fast wie früher eine "Matte".
Daher ging es folgenschwer
wieder einmal zum Friseur...

Das Ergebnis, wie's sich zeigt,
wurde misstrauisch beäugt:
Ob ich das nicht gesehen hätt'!
"Die Friseuse fand ich nett!"
"Wozu soll so ein Haarschnitt taugen,
wo hatt'ste da bloß deine Augen?!
Da geh'ste mir nicht wieder hin,
du hast das eine nur im Sinn!!"

Doppelnamen

In den "Achtzigern", da kamen
hier zu uns die Doppelnamen.
Ehepaare nahmen dann
einfach beider Namen an,
was aber dann, als das passierte,
zu tollen Konstruktionen führte.
Seltener, wie ich wohl weiß,
geschah das im Bekanntenkreis,
doch es macht in Bild und Ton
die Prominenz Gebrauch davon.
Die Doppelnamen gibt's vor Ort
sehr oft in Politik und Sport.
Im Bundestag gab es viel Ärger
mit Leutheusser-Schnarrenberger.
Als Biathletin war im Land
Frau Greiner-Petter-Memm bekannt.
Bei Gladbach spielt da so ein Racker
mit Doppelnamen Calsen-Bracker.
Man stell' sich vor, die würden eben
dann ein neues Paar abgeben
und sie würden da mitnichten
auf die Namensflut verzichten.
5-stellig wäre so nicht minder
der Name dann der armen Kinder
und man hätte dabei schon
eine Namensinflation.
Dem wurde aber nun von oben
auch ein Riegel vorgeschoben,
dass man sich hier laut Beschluss
nur auf 2 beschränken muss.
So hat damit immerhin
ein Gesetz mal einen Sinn.

Es ist klar, dass bei der Sache
ich mir selbst Gedanken mache,
doch bin ich da wohl auf Bezug
der Namen schon gestraft genug.
Es liegt mir fern, bei allen Zwängen,
da noch etwas dranzuhängen...

Bundeswehr

Endlich dürfen Frauen her
in die deutsche Bundeswehr.
Der Kanonier, er ist nicht böse,
wird daraufhin zur Kanoneuse.
Lange hat man, wie wir wissen,
um diese Sache kämpfen müssen.
Allerdings, wie Frauen sind,
steh'n sie morgens dann vor'm Spind
und jammern leise vor sich hin:
Mein Gott, ich hab' nichts anzuzieh'n!

Jungschnösel

Die Technik ist hier nun inmitten
des Alltags weiter fortgeschritten.
Als Rentner hat man da zudem
ein Verständigungsproblem,
wobei dem "Senioren" dann
die "Fachberatung" helfen kann.
Auf diese Weise trifft man dann
eine besondere Gattung an,
die wir wirklich alle kennen:
Sie ist "Jungschnösel" zu nennen.
Diese Spezies ist verbreitet
und durch Schulung fehlgeleitet,
denn der Kunde ist indessen
da als "König" oft vergessen.
Der Jungschnösel ist allemal
am Baumarkt da gleich am Regal.
Hin und wieder, ja da hätten
wir ihn in Kfz-Werkstätten.
Besonders gerne zeigt er schon
im Laden uns das Telefon.
Die Elektronik ist zuletzt
von Jungschnöseln direkt durchsetzt.
Der Jungschnösel zeigt jederzeit
dann seine Überlegenheit,
wobei der Gute dann auch meist
mit Fachbegriffen um sich schmeißt
um dabei den alten Irren
nun endgültig zu verwirren.
So ist er dann aus diesen Gründen
auch im Bankgeschäft zu finden.
Hilfe ist von diesen Arten
nur recht selten zu erwarten.

Man verlässt frustriert den Laden,
so was wird dem Umsatz schaden.
Man erkennt in diesem Falle,
älter werden wir mal alle!

BSE

Beim BSE, man war betroffen,
war'n noch ein paar Fragen offen.
Man überträgt das, bitte sehr,
nicht durch den Geschlechtsverkehr.
So nimmt die Sache ihren Lauf,
Deutschlands Bauern atmen auf...

Scheidungsrecht

Glücklich ist, wer in der Stadt
einen kleinen Garten hat,
wobei man stets zur Frühlingszeit
sich an der Vogelwelt erfreut.
Dabei hat seit ein paar Tagen
eine Amsel hier das Sagen.
Sie baute da zum Paarungszwecke
ihr Nest an unserer Frühstücksecke.
Daher sind wir, ungelogen,
frühstücksmäßig umgezogen.
Ein Männchen war nach kurzer Zeit
zur Nachwuchsförderung bereit
und es stellte, so soll's sein,
pflichtbewusst das Singen ein.
Die Amsel hat danach gepflegt
4 schmucke Eier da gelegt
und das Pärchen fing sodann
nach Vorschrift auch zu brüten an.
Nun erhielt die junge Mutter
von ihrem Lebenspartner Futter
und man hatte scheinbar eben
ein richtiges Familienleben.
Ich mähte dann in diesen Phasen
an dieser Stelle nicht mehr Rasen
und wir schauten uns sodann
das rücksichtsvoll von weitem an.
Leider blieb dann folgenschwer
das Amselnest ganz plötzlich leer
und wenig später waren halt
dann leider auch die Eier kalt.

So blieben hier, es macht betroffen
natürlich ein paar Fragen offen:
Hat sie der Marder umgebracht?
Es kam die Katze in Verdacht
oder führte da genauer
ein Verkehrsunfall zur Trauer?
Vielleicht gibt's, versteht mich recht,
bei Amseln auch ein Scheidungsrecht,
wonach das Amselweibchen dann
sich gezielt entfernen kann?
Leidtragend wären da nicht minder
natürlich wieder mal die Kinder...

Kreisverkehr

Fast jedes Dorf hat folgenschwer
inzwischen seinen Kreisverkehr.
Mindestens wird da gepflegt
eine Insel angelegt,
ganz egal ob das, auf Ehre,
nun auch wirklich nötig wäre.
So ein Ding gehört nun schon
verkehrsberuhigt zum guten Ton
und so wir hier leicht nach oben
auch das Image angehoben.
Den nächsten Kreisel wird es eben
vielleicht in der Feldmark geben.
Allerdings gibt es zudem
dann ein weiteres Problem,
weil man dem Kreisel da zum Schluss
auch einen Namen geben muss,
was im Landkreis dann dabei
einheitlich zu regeln sei.
Hier wäre, wenn man nachgedacht
der Bürgermeister angebracht,
der jeweils dabei bis zur Rente
seinen Namen geben könnte.
Auch die Gestaltung wär' an sich
auf diese Weise einheitlich.
Wacholder, Buchsbaum, Blumenkübel
sind derzeit ein echtes Übel.
Schöner wäre da im Saft
ein Denkmal stolzer Manneskraft,
was dem Dorf zur Ehre neigt
und den Bürgermeister zeigt,

der den Kreisel, in der Tat,
schließlich auch "verbrochen" hat.

Gut verpackt

Eine Erkenntnis unserer Zeit
ist die "begrenzte Haltbarkeit".
So sind Lebensmittel meist
gut verpackt und eingeschweißt
und mit der Folie fangen dann
die Probleme auch schon an.
So beginnen wir mit Fluchen
nach der Lasche da zu suchen
und man zieht an diesen Dingern
hinterher mit spitzen Fingern.
Doch auch mit kräftiger Gewalt
bleibt dabei oft "die Küche kalt",
denn es gelingt, trotz aller Mühen,
nicht, die Verpackung aufzuziehen.
So wird schließlich doch zuletzt
ein spitzes Messer eingesetzt,
was über die Verpackung flutscht
und dabei in den Daumen rutscht.
Dosen haben zum Verdruss
heute einen Ringverschluss
und man hat so oft galant
nur den Ring noch in der Hand.
Der Dosenöffner, zum Entsetzten,
ist dabei nirgends anzusetzen.
Man stemmt sie dann, so ist der Lauf,
mit dem Schraubenzieher auf.
Dabei kommt dann offenbar
stets die Gesundheit in Gefahr.
Bei Brauseflaschen ist ein Muss

oft ein Alu-Drehverschluss,
wo man die Reste, in der Tat,
hinterher im Daumen hat.
So wir bei mir zu guter Letzt
ein Werkzeugkasten eingesetzt.
Man hat da in der Vorratskammer
dazu einen leichten Hammer.
Messer, Schere, Schraubendreher,
bringen uns der Sache näher,
um zu weiterem Gelingen
auch einen Sprengsatz anzubringen.
Weiterhin hilft uns galant
noch Pflaster, Jod und Druckverband
als Einzelkämpfer gegen die
"Verpackungseinschweißindustrie"!

Zurück ins Bett!

Früher floss, wie von alleine,
unsere Fuhse noch durch Peine
und sie schlängelte zu diesen
Zeiten sich da durch die Wiesen.
Am Damm gab es nun daher pur
Idylle und ein Stück Natur,
was allerdings, wenn es pressierte,
auch mal zu nassen Füßen führte.
Man begann daher beizeiten
die Fuhse einfach umzuleiten
und der Flusslauf, was sehr schade,
wurde danach kerzengrade.
Die Natur wurd' so verschandelt,
in grader Linie umgewandelt.
Ähnliches ist da vor Jahren
auch der Erse widerfahren,
doch das Flüsschen, wie wir hören,
beginnt sich nun sehr spät zu wehren.
Der Lauf der Erse passt sich dann
den "alten Zeiten" wieder an
und sie will zu ihrem Glück
"in ihr altes Bett zurück"...
Freischießen hatt' ich zudem
da ein ähnliches Problem,
als ich da nun das bewusste
alte Bett verlassen musste.
Der "Geruch" in jenen Tagen
ist auch nur sehr schwer zu ertragen
und so seh' im Nachhinein
ich die Gründe auch fast ein.

Umso schöner, wenn man dann
in sein Bett zurückkehren kann
und so kann ich unbesehen
hier die Erse "voll verstehen".

Kosmetik?

Wenn man in den Spiegel schaut,
altert mit uns auch die Haut.
Kosmetik ist so folgerichtig
natürlich für die Damen wichtig,
um da gegen alle Falten
sich die Schönheit zu erhalten.
Einst hatte man zu solcher Chose
die Nivea-Vorratsdose
und sie spendete zum Trutz
der Falten auch noch Sonnenschutz.
Heute scheint davon mal eben
eine Industrie zu leben,
damit sich unsere Damenwelt
möglichst lange frisch erhält.
Alles für's Erscheinungsbild,
wenn der Schrank auch überquillt,
was ich stets als alter Knabe
amüsiert belächelt habe.
Wie viel leichter hat es dann
doch unsereiner da als Mann,
denn unserer Haut gerbt dabei pur
bei Wind und Wetter die Natur
und zur Pflege bleibt da halt
die Dusche mal im Winter kalt...
Neulich habe ich verschreckt
im Schrank ein neues Glas entdeckt.
"Creme for men" wies immerhin
darauf schon die Aufschrift hin.
Damit war nun, wie mir scheint,
augenscheinlich ich gemeint
und ich habe ungeniert
dagegen lauthals protestiert.

Heimlich dann, allein im Haus,
probierte ich das Zeugs mal aus.
Der Hund hat das sofort entdeckt
und die Geschichte abgeschleckt.
Vielleicht sollt' ich ihm das inzwischen
einfach unters Futter mischen?
Irgendwann, vor ein paar Tagen,
hab ich es noch mal aufgetragen.
Die Gattin hat, als Frau von Welt,
das auch sofort festgestellt:
"Oh mein Schatz, du riechst zudem
männlich herb und angenehm!"
So tue ich von Zeit zu Zeit
nun "was für die Männlichkeit".
Doch irgendwie, da bin ich kleinlich,
ist mir die Sache etwas peinlich.

Wasserfreuden

Am Wochenende sind im Garten
Enkelkinder zu erwarten.
So ein Gummi-Swimmingpool
ist dann ganz besonders cool.
Leider ist das Wasser halt
durch das Wetter ziemlich kalt.
Das habe ich auch, weil es eilt,
telefonisch mitgeteilt.
"Opa, du wirst doch nicht geizen,
so ein Pool ist doch zu heizen!"
Mir war klar, dass dazu dann
ein Tauchsieder nicht nützen kann
und so habe ich gepflegt
mich da selber reingelegt,
obwohl das Wasser, sonnenklar,
irgendwie recht maikühl war.
Es war kalt wie in der Tonne,
doch nun kam sogar die Sonne
und sie schien mir nun zudem
in mein Gesicht, recht angenehm.
Irgendwann muss ich dann ein
wenig eingeschlafen sein,
denn ganz plötzlich dabei stand
Pamela Andersson am Rand,
die dann auch noch wundersam
gleich zu mir ins Wasser kam.
Schon kam da zu diesen Zwecken
Heidi Klum noch in mein Becken
und es wollt' zu diesem Treiben
die Ferres auch nicht draußen bleiben.
Die Loren war auch noch da
und die Lollobrigida.

Auch Dolly Busters großer Busen
lud den Rentner nun zum Schmusen.
Schließlich kam, ich lag im Fieber,
die Nachbarin von Gegenüber
und es war, was nicht so toll,
damit auch das Becken voll.
Die Stimme nun war immerhin
meine Lebenspartnerin:
"Menschenskind, das Wasser hat
schon glatte 22 Grad!
Wie hast du denn hier über Nacht
so schnell das Wasser warm gemacht?!"
Nun ist Vorsicht angezeigt,
der kluge Mann genießt... und schweigt!

Die Geburtstagsfeier

Es ist schon eine alte Leier:
Spaß macht die Geburtstagsfeier,
auch wenn man längst schon, in der Tat,
die 60 überschritten hat.
Schön ist es, wenn man dazu dann
auch im Garten sitzen kann.
Als Musikbegleitung hatten
wir meine alten Oldie-Platten
und man freut sich ungeheuer
auf das altbewährte Feuer.
Als Erfrischung gab's gezielt
Party-Fässchen gut gekühlt.
So haben wir einst, ungelogen,
manche Nacht hier "durchgezogen"
bis dann auch schon der vertraute
helle Sonntagmorgen graute.
Auch diesmal fing die Party dann
in bewährter Stimmung an.
Man erzählte sich beizeiten
vom Freischießen in alten Zeiten
und Toren, die man unverdrossen
einst für den MTV geschossen.
Man stellt fest, dass sich die Alten
heutzutage "länger halten".
Die Damen hatten zu den Fragen
auch noch etwas "beizutragen":
"Neulich hielt man mich nicht minder
als Mutter meiner Enkelkinder
und man hat ja, Gott sei Dank,
die Gesichtscreme noch im Schrank".
Leider gibt's bei alledem
mit dem Rücken ein Problem.

Kaum war das Thema angesprochen,
war da wohl ein Damm gebrochen,
denn jeder hatte im Verein
plötzlich nun sein Zipperlein.
Man erstattete Bericht
von der allerletzten Gicht.
Voller Ehrfurcht, ja da hörten
wir von erhöhten Zuckerwerten.
Kaltes Bier und fettes Essen
kann man sowieso vergessen
und es wurde unverhohlen
ein guter Stützstrumpf auch empfohlen.
Um der Gesundheit nachzutrauern
hilft gegenseitiges Bedauern
und kurz vor Eins war dann dabei
die schöne Party auch vorbei.
Nun habe ich hierzu als Dank
zwei volle Fässchen noch im Schrank.
Vorbei sind wohl, wer will's bestreiten,
hier die alten Partyzeiten.
Doch nächstes Jahr, so wird es sein,
hau'n wir wieder kräftig rein!!!

Guantanamo

Die Wirtschaft wandelt allemal
weiter durch ein tiefes Tal.
Mein Finanzsystem, seit Wochen,
ist auch schon längst zusammengebrochen
und Kredit, sonst müsst' ich lügen,
ist derzeit nur schlecht zu kriegen.
Ab 500.000 gibt's zudem
dabei aber kein Problem,
denn bei den Großen, immerhin,
zahlt das dann die Kanzlerin.
Gut honoriert und ab dafür!
Doch die Zeche zahlen wir...
Nun hat man aber, wie man ahnt,
die Reichensteuer schon geplant,
wo ich als Peiner, jede Wette,
auch schon einen Vorschlag hätte:
Man hat in Deutschland doch, auf Ehre,
eine Menge Milliardäre,
die, das weiß doch jedes Kind,
längst schon über 80 sind.
Man sollte sich hier nicht genieren,
das Vermögen zu kassieren,
wobei man aber, wenn's pressiert,
den Lebensabend finanziert.
Das wäre dann, hier bin ich eigen,
von dem Gelde abzuzweigen.
Es wäre nun aus diesen Gründen
da nur noch ein Heim zu finden.
Im Süden Kuba's wird dabei
doch eine Immobilie frei...

Strompreis

Ach, wie hat sich doch nach oben
der Strompreis Jahr für Jahr verschoben.
Aber Leute, nicht geklagt,
hier ist Selbsthilfe gefragt.
Es ist so, dass ich alter Knabe
den Fußball abgeschrieben habe,
doch im Nebenzimmer steht
noch ein Fahrrad-Trimmgerät.
Da bringe ich, selbst ist der Mann,
nun einen Dynamo an,
wobei, das stellt man sofort fest,
das Ding sich nun schwer treten lässt.
Für die Partnerin schließt man
hier eine Leselampe an,
wonach die Dame sich galant
mit der "Brigitte" nun entspannt.
Später wird dann unverdrossen
auch mal der Toaster angeschlossen,
wobei ein guter Toast sodann
schon mal zwei Stunden dauern kann.
Nun muss man auch den Fahrer loben,
denn die Drehzahl geht nach oben.
So wird danach kurz entschlossen
der Fernseher noch angeschlossen,
so dass die Partnerin auch dann
abends "Pilcher" gucken kann,
derweil dann unsereiner leicht
nun die Schmerzgrenze erreicht.
Bei der Sportschau findet glatt
dann ein Fahrerwechsel statt.
Bei Mönchengladbach macht vorab
die Fahrerin dann plötzlich schlapp,

wobei man dann sehr schnell begreift:
Das Ding ist noch nicht ausgereift!

One for five

Es schimpft inzwischen auch die Leitung
der deutschen Apothekenzeitung,
die dabei, spricht der Chronist,
die "Bravo" für den Rentner ist.
Bei Brillen gibt's die Gläser bloß,
da ist man wirklich fassungslos.
Fünf Rentner sollen sich beeilen,
sich künftig ein Gebiss zu teilen,
da sie doch, wie wir wohl wissen,
zur gleichen Zeit nicht essen müssen.
Somit hieße hier am Ort
"One for five" das Zauberwort.

Radfahren

Mein schönes Auto, unbenommen,
ist nicht mehr durch den TÜV gekommen.
Ein kleineres hat immerhin
meine Lebenspartnerin
und so schränkt man allgemein
sich finanziell nun etwas ein.
Im Haushaltsplan war für den "Alten"
ein neues Fahrrad nun enthalten.
Mein altes warf mich da vorab
nach einer Feier einmal ab.
Der Lenker blieb zu diesen Zwecken
in einem Jägerzaune stecken
und unsereins in hohem Bogen
ist darüber weggeflogen.
Das Fahrrad war dann offenbar
nie mehr, was es vorher war,
woraus als braver Bürger dann
man auch etwas lernen kann:
Alkohol führt auch am Lenker
zu manch unheilvollem Schlenker,
wobei ich immer noch auf's Neue
meine Missetat bereue.
Mir wurde schneller, als man denkt,
ein neues Rad gebraucht geschenkt,
worauf ich dann als alter Knabe
die Probefahrt gestartet habe.
"Selbstverständlich" war als Ziel
kein Alkohol dabei im Spiel.
Richtung Vöhrum, ja da hat,
man einen Radweg in der Stadt
und bald hatte locker, leicht
ich die Kreuzung schon erreicht.

Nun bemerkt man folgenschwer,
einen Rücktritt gibt's nicht mehr
und so bin ich unverdrossen
hier darüber weggeschossen.
Die Kreuzung war zum Glück dabei
Sonntagabend autofrei.
Hier gilt es sicher, nun deswegen
jeden Schritt zu überlegen,
denn ich wollte hier auf Erden
einmal 80 Jahre werden.
Also, Vorsicht in der Stadt,
vor'm grauen Typ mit grünem Rad!!!

Flugtag

Schön ist es, wenn man dann und wann
noch im Garten liegen kann
und man wartet, wie's so ist,
dass einen da die Muse küsst.
Etwas störend ist darum
natürlich so ein Fluggebrumm.
Wieder einmal lädt man fein
zum Flugtag auf die Kippe ein
und so lohnt es nicht deswegen
sich darüber aufzuregen.
Am Sonntag war dabei zudem
ein kühles Bad recht angenehm
und man hat zu diesen Zwecken
ein aufblasbares Wasserbecken.
Den Garten haben wir gewitzt
nach allen Seiten sichtgeschützt
und so badet man dabei
auch textil - und sorgenfrei.
Doch Richtung Westen naht da schon
zu dritt die fliegende Fraktion,
die sich ohne zu genieren
zum Zielflug auf den Pool formieren
und es geht zu diesem Zweck
im Tiefflug nun darüber weg.
Darin liegt nun immerhin
meine Lebenspartnerin
und sie fürchtet allemal
hier um Sitte und Moral:
"Was ist, wenn die da zum Genießen
von oben auch noch Fotos schießen?"
Und so hüpft sie wenig cool
aus dem geliebten Swimmingpool.

Schon naht lautlos wie ein Tiger
von links auch noch ein Segelflieger.
Fehlt nur noch, dass hier ungetrübt
man den Fallschirmabsprung übt.
Doch zum Glück ist offenbar
der Flugtag nur einmal im Jahr
und man soll, um's mal zu nennen,
den Flieger auch was Gutes gönnen.

Badefreuden anno dazumal

Endlich soll es hier wohl eben
auch mal besseres Wetter geben
und der Peiner freut sich schon
auf die Freibad-Hochsaison.
Nun wird auf Befehl von oben
die Öffnung etwas rausgeschoben,
weil sie da wohl, wie wir wissen
noch etwas renovieren müssen.
Außerdem wär' es doch halt
wohl zum Baden noch zu kalt.
Dem Wasserfreund dreht sich darum
hier schon mal der Magen um,
denn man hat zu solchen Zwecken
heute ein beheiztes Becken.
Darüber lässt sich trefflich streiten,
man denkt da an vergangene Zeiten,
als wir da vor 50 Jahren
Peiner Nachkriegskinder waren.
Da wurden noch die Wassermassen
vom Hydranten eingelassen
und man hielt danach parat
den Badespaß mit 14 Grad.
Dennoch waren wir da frei
vom ersten Tag an mit dabei
und man hielt sich dann zuhauf
nur in der "Badeanstalt" auf.
Nebenbei macht man beizeiten
hier sogar die Schularbeiten
und man lag auf diese Weise
auf den Decken klassenweise.
Nebenbei ging's allemal
zum Baden auch an den Kanal,

wo wir eine Stelle kannten,
die wir "warmes Wasser" nannten.
Man musste da zu diesem Zweck
ein Stück Richtung Dungelbeck.
Aus einem Rohr ließ man da fein
zum Baden "warmes Wasser" ein,
was dazu dann aber noch
irgendwie "exotisch" roch.
Wir haben dennoch unverdrossen
das "warme Wasser" sehr genossen.
Heute denkt man da wohl lieber
vorsorglich ganz anders drüber.
Hoffentlich haben die Alten
nun davon nichts "zurückbehalten",
was als allerletzte Bürde
"einiges erklären würde"...

Bierduschen

Die Saison hat unverdrossen
der Profifußball abgeschlossen.
Wie hat es doch dagegen schwer
unser Peiner Amateur.
Dem blühen hier zu "hehrem Ziele"
noch diverse Nachholspiele
und so schaut er neiderfüllt
auf das bunte Fernsehbild.
Literweise kippt man hier
sich über'n Kopf das Weizenbier.
Alles kommt da frisch vom Fass
in's 5 - Liter Weizenglas.
Schließlich duscht damit dann jener
Fußballprofi noch den Trainer.
Dieser lächelt dann gequält,
weil er ja zu den "Promis" zählt
und es ist als Zugewinn
nun auch der Markenanzug hin.
Selbst der Reporter kriegt vorab
da dann noch 5 Liter ab,
wobei man schräg das Bierglas neigt,
damit die Schrift nach vorne zeigt.
Schließlich duscht fast jeder hier
mit dem berühmten Weizenbier
und es erkennen selbst die Kleinsten:
Das ist noch Humor vom Feinsten!
Doch es tut sich damit schwer
unser Peiner Amateur.
der das Bier wohl, jede Wette,
als Freibier gern getrunken hätte,
Doch viel zu schade wäre hier
zum Duschen unser Härke-Bier!

Makaber

Nun haben wir es auch vernommen:
Bunte Särge sind im Kommen!
So wird man bald dafür zahlen,
die "Hülle" kunstvoll zu bemalen.
Man kann den Sarg dann auch als Zeichen
entsprechend der Gesinnung streichen
und in Zukunft sieht man ihn
dann rot und schwarz und gelb und grün.
Ab und zu, es macht betreten,
ist da auch noch braun vertreten.
Wie der Trauernde erkennt,
liegt auch rosa voll im Trend.
Es wird auch letzter Wille sein,
nimmt man die Farben vom Verein.
So wollte der, der da verblichen
den Sarg in schwarz-weiß-grün gestrichen
und mitten drauf erkennt man da
die Raute der Borussia.
Auf einem Sarg prangt, welch ein Jammer,
in königsblau der Schalker Hammer
und der Trauernde sieht hier:
Man weint so auch um S 04.
Die Hinterbliebenen zu stützen,
könnt' man auch Werbefläche nützen.
Rauchen kann, man sieht es ein,
mitunter auch mal tödlich sein
und auf dem Sarge prangt dann so
seitlich auf rot das Marlboro.
Das sieht dann aus, "als letzter Heuler",
wie Schumacher, nur ohne Spoiler!
Doch ich will hierzu nicht beim Schreiben

Spaß mit dem Entsetzen treiben,
denn bei der ganzen Sache geht
es wohl auch um Pietät.
Doch im Fall eines Falles:
Möglich ist doch heute alles!!

Die Grünen

Beschwerlich war in großer Not
einstmals doch der Grünen Brot,
als sie damals den bewussten
Kröten selbstlos helfen mussten.
Hierbei wurde ohne Klagen
der Frosch auf Händen noch getragen.
Heut' hilft man in großem Maße
den Grünen selbst über die Straße
und sie müssen, ohne Mucken,
nun so manche Kröte schlucken.
Am Herzberg wurde, wie berichtet,
ein Krötentunnel eingerichtet
und sie hüpfen, wie man hört,
vom Moor zum Wald und umgekehrt.
So wird den Helfern unbenommen
doch viel Arbeit abgenommen
und die Frösche, in Gedanken,
werden's dem Erbauer danken.
Somit setzt sich hier am Ort
die Globalisierung fort,
denn man pflegt auch ohne Wanken
den europäischen Gedanken,
denn der Tunnel geht konform
auch mit der "Europa-Norm".
Selbst einen Belüftungsschacht
hat man dabei angebracht.
Wahrscheinlich sind aus diesen Gründen
auch Feuerlöscher vorzufinden,
die der Frosch im Notfall dann
auch noch selbst bedienen kann.
Nur in Frankreich, wie ich lese,
steht am Ende 'ne Friteuse...

Es blitzt!

Schwierig ist es und es schlaucht,
wenn man ein neues Auto braucht.
Mein alter Hobel, unbenommen,
ist nicht mehr durch den TÜV gekommen.
Fast so alt ist immerhin
das Auto meiner Partnerin
und so ging's auf diese Weise
"händlermäßig" auf die Reise.
Ein Discounter bot hier dann
bei Goslar seine Autos an
und so ging es schließlich zwecks
Autokaufs auf die B6.
Ich hatte da beruflich nun
in Goslar früher viel zu tun
und die Strecke Goslar - Peine
fuhr einst mein Auto fast alleine.
In der Zeitung war gewarnt,
vor Starenkästen, gut getarnt,
womit besonders nun dabei
die B6 gerüstet sei.
Das habe ich nun auch gewählt
meiner Partnerin erzählt.
Bei Grasdorf ging's zum Einkaufszwecke
auf die bekannte Blitzerstrecke.
"Pass bloß auf, halt jederzeit
dich hier an die Geschwindigkeit",
warnte nun, das Geld im Sinn,
meine Lebenspartnerin.
Ich sprach, "liebe kleine Maus,
auf der B6 kenn ich mich aus,
ich weiß, wo hier der Hase sitzt",
... und da hat es schon geblitzt.

Ihr Kommentar war nun an sich
der Partnerschaft nicht förderlich
und ich habe mich galant
selber ein Kamel genannt.
Per Post war man dann punktefrei
mit 20 Euro gut dabei.
Es ist nur schade, dass das Geld
Wolfenbüttel nun erhält.
Gerne hätt' ich, weil es nützt,
den Landkreis Peine unterstütz.
Man finanziert, nicht zu vergessen,
so das 1 Euro - Mensaessen.

Katzen im Garten

Ein Garten liefert uns doch pur
in der Stadt ein Stück Natur.
Unser Garten, weil es nützt,
ist durch Büsche rings geschützt,
wo nun auch die Vogelwelt
ihre Nester unterhält.
Das Gezwitscher lockt hier dann
aber auch die Katzen an,
die wir hier beim Brutgeschehen
lieber nur von Ferne sehen.
Es gilt, Methoden zu entfalten,
hier die Katzen fernzuhalten,
die auch nicht darauf verzichten,
ihr "Geschäft" noch zu verrichten
und dabei, anstatt zu spülen,
meinen Garten noch durchwühlen...
Voller Frust, da wendet man
nun diverse Mittel an.
Wasserwerfer, Ultraschall
helfen da auf keinen Fall.
Mottenkugeln, Kaffeesatz
sind wohl auch nur für die Katz.
Schließlich hat man dann zuletzt
"Verpiss dich" - Pflanzen eingesetzt,
was die Katze, die uns blieb
zu kräftiger Verdauung trieb,
wo beim Scharren das bewusste
Blumenbeet dran glauben musste.
Nun ist die Katze jederzeit
bekannt für ihre Reinlichkeit,
wobei es ihr auch gut gefällt,
wenn sie den Fressplatz sauber hält.

Eher würd' es sie zerreißen,
als an den Fressplatz hin zu sch...
So boten wir der Katze dann
im Garten etwas Futter an
und hofften, sie wär' nun bereit
zu allergrößter Reinlichkeit.
Der Erfolg, so soll es sein
stellte sich am Morgen ein,
denn sie hatte über Nacht
noch zwei Kollegen mitgebracht.

Fleißig trinken!

Auch im Alter will man eben
glücklich und zufrieden leben.
Gesundheit steht auf alle Fälle
dabei an der ersten Stelle.
So ist da nun folgerichtig
natürlich die Ernährung wichtig.
Eisbein, Schnaps und fettes Essen
sollte man getrost vergessen
und den Körper auch bewegen,
um die Verdauung anzuregen.
So schaut man als betagter Mann
sich die "Rentner- Bravo" an,
womit ich hier im schönen Peine
die Apothekenzeitung meine.
Sie zeigt dem Rentner, in der Tat,
wie er sich zu ernähren hat.
Obst, Gemüse, Vollkornbrot
machen uns die Wangen rot
und soll uns die Gesundheit winken,
auch zwei Liter täglich trinken.
Dieser Ratschlag hat von allen
nun am besten mir gefallen
und ich hab mich gleich gepflegt
in den Liegestuhl gelegt.
Ein gutes Buch ist wohl an sich
dem Wohlbefinden förderlich.
Zum Trinken hatte ich dabei
die Flasche Härke "Null-Drei-Drei".
Mittags hatt' ich, voll im Saft,
dann drei Flaschen schon geschafft
und es kam so mit der Zeit
die gewisse Fröhlichkeit.

Der Nachmittag hat ungelogen
sich dann etwas hingezogen.
Immerhin hatt' ich um vier
dann 5 Flaschen Härke-Bier
und der sechste Gerstensaft
hat mich dann etwas weggerafft.
2 Liter als Gesundheitsziel
sind für den Rentner auch recht viel.
Außerdem gab es zudem
nun mit dem Lesen ein Problem.
Man sollte sich da nicht genieren
und sich noch mal informieren,
ob ich da als alter Knabe
nicht etwas falsch verstanden habe!

Schlappen

Als Rentner ist, so sieht es aus,
man ab und zu auch mal im Haus.
Mein alter Opa hatte dann
oft Kamelhaarpuschen an
um dann an den warmen Tagen
auch Pantoffeln aufzutragen.
Aber heute, voller Schwung,
fühlt man sich noch richtig jung
in guten Birkenstock - Sandalen,
vorausgesetzt, man kann's bezahlen.
Doch es gibt auch wunderbare
"nachgemachte" Exemplare,
die man schon für wenig Geld
in jedem Supermarkt erhält
und man muss für diese Schlappen
natürlich nicht so viel berappen.
Diese Latschen sind bequem
und tragen sich sehr angenehm.
doch im weiteren Verlauf
lösen sie sich langsam auf
und es lösen sich da eben
alle Stellen, die zu kleben.
So verliert der Rentner bald
zunächst die Sohle, dann den Halt
und es greift der alte Bube
leicht gestresst zur Pattex-Tube.
Das ist mir nun ungeniert
bisher bei jedem Paar passiert.
Hat es erstmal angefangen,
sind sie aus dem Leim gegangen
und man fragt sich, in der Tat,
ob man da Verträge hat,

die aus wirtschaftlichen Gründen
den Klebstoff und den Schuh verbinden.
Vielleicht sind da, hat man erkannt,
die Firmen auch in "einer Hand".
Der Händler sollte sich deswegen
auch die Sache überlegen
und man liefert da als Hit
die Tube Pattex künftig mit.

Igel

Als Gartenfreund ist man da so
über jeden Igel froh,
dem der Garten, wohlbehütet,
eine sichere Heimstatt bietet.
Bei uns hat er da unumwunden
"Familienanschluss" auch gefunden
und so geht's ihm immer besser,
dem nützlichen Insektenfresser.
Putzig ist es, wenn er spät
abends seine Runden dreht.
Inzwischen ist er uns vertraut,
er hat sich nun ein "Nest" gebaut.
Mit Reisig, Laub und etwas Moos
zog er da "das große Los".
Wäre allen das beschieden,
wär' der Tierfreund auch zufrieden,
doch leider werden sie in Scharen
auf den Straßen überfahren.
Selbst auf der Straße, wo ich wohne,
in einer "Tempo 30-Zone"
hat man da ganz ungeniert
einen Igel nun "planiert".
Hier fragt man sich nun, ob man dann
bei "30" nicht mal bremsen kann.
Mancher treibt das wohl als Sport,
ich bezeichne es als Mord.
Dazu passt dann noch ins Bild,
dass so ein Tier als "Sache" gilt
und das Tier, das man erledigt,
gilt so als Sache und "beschädigt".
Möge ihm, so will ich meinen,
der Igel da im Traum erscheinen.

Möge er sich da verletzen,
mit nacktem Hintern darauf setzen!

Unser Briefkasten

Heute mailt im Nahverkehr
man sich die Post hier hin und her.
Selten wird bei solchem Treiben
man sich auch noch Briefe schreiben.
Oft ist dabei auch zudem
die Postzustellung ein Problem.
Neulich konnt' zum Briefewesen
ich dazu in der Zeitung lesen,
dass jemand da der Post vertraut
und sich "Naturbriefkästen" baut.
Dazu braucht man eben gerade
nur ein Loch in der Fassade,
wohin der Postmensch dann gepflegt
vertrauensvoll die Briefe legt
und sie danach, wie man hört,
noch mit einem Stein beschwert...
Da fällt mir im Nachhinein
die eigene Geschichte ein,
denn ich habe nun dafür
einen Kasten vor der Tür.
Solche Kästen sieht man da
in Filmen aus den USA.
Kistenförmig ist das Teil,
riesengroß mit einem Pfeil.
Den alten Briefschlitz, wie man glaubt,
habe ich nun fest verschraubt.
Leider wird das hier im Land
nicht als Briefkasten erkannt.
So hat man mir da ungelogen
den alten Briefschlitz aufgebogen
und in das Wrack, wie man entdeckt,
wieder mal den Brief gesteckt.

Einmal die Woche hab ich nun
mit der Schrauberei zu tun.
Nun habe ich da unbenommen
wieder keine Post bekommen.
An der Tür hab' wunderschön
ich hier eine Kanne steh'n,
die ich sorgsam, nicht geprahlt,
bauernmäßig angemalt.
Darin lag aus West und Ost
von einer Woche nun die Post.
So spielen wir, wie es auch lief,
das heitere Spiel "Wo ist der Brief?".
Doch vielleicht schaff' ich mir dann
noch den Naturbriefkasten an.

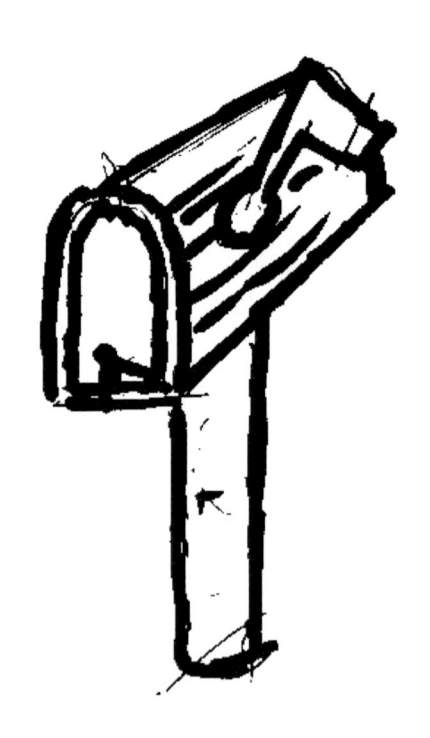

Elektronik

Beim Auto schreitet hier am Ort
die Elektronik weiter fort
und so zeigt sich hier mein guter
Freund als fahrbarer Computer.
Steigt man aus, piepst es zum Schluss
sogar einen Abschiedsgruß
und das Auto wird so schon
zum Ort der Kommunikation.
So sind wir beide, unbenommen,
sogar ins Gespräch gekommen
wobei wir aber auch beizeiten
uns hin und wieder etwas streiten.
So ging im weiteren Verlauf
der Kofferraum nun nicht mehr auf,
der sich hinten nun gestresst
nur elektronisch öffnen lässt.
Es blieb mir nun nur, unter Fluchen,
eine Werkstatt aufzusuchen,
wobei die Klappe, sonderbar,
plötzlich leicht zu öffnen war...
Neulich war ich, nicht zum Schaden,
zu einer Lesung eingeladen.
Schnell meine Bücher eingesackt
und in den Kofferraum gepackt,
denn es war, wie es so geht,
wieder mal schon etwas spät.
Es kann sein, dass ich alter Knabe
mich irgendwann verschaltet habe
und mein Auto offenbar
daher mit mir sauer war.
Es blieb danach, es macht verdrossen,
der Kofferraum erneut verschlossen.

So haben wir, weil es pressiert,
wieder ein Gespräch geführt:
"Mach mir jetzt bloß keinen Scheiß!"
Mir wurde wechselnd kalt und heiß.
Mit der Hand fuhr ich danach
dem Auto zärtlich übers Dach
und erzählte ihm dabei,
wie schön die Abwrackprämie sei.
Plötzlich klickte, wie im Traum,
der Verschluss vom Kofferraum,
und es schien mir, in der Tat,
dass es mir zugezwinkert hat...

Nix verstehen!

Bei uns in Telgte haben wir
die Gärten direkt vor der Tür
wo die Kleingärtner deswegen
ganzjährig die Pflanzen pflegen.
Allerdings ist hier zudem
der Nachwuchs wohl ein Grundproblem,
denn als Junger hat indessen
man meist andere Interessen.
So ist man in großer Zahl
inzwischen international.
Russen, Polen und Kasachen
sieht man nun die Arbeit machen.
Ob mit, ob ohne Alkohol
fühlt man sich hier richtig wohl.
Früher einmal hatten wir
die Diskothek vor unserer Tür
und sind darum, ungelogen,
aus der Stadt auch weggezogen.
Nun lässt die Jugend hier vorm Garten
fröhlich auch das Auto starten
und das Radio wird spät
volle Pulle aufgedreht.
Im Garten wird bis in die Nacht
per Musik Rabatz gemacht
und es ist, laut sei's geklagt
ständig Disko angesagt.
Dabei ist man eigentlich
wohl auch gerne unter sich.
Bei Klagen wird in unseren Landen
natürlich auch kein Deutsch verstanden.
Es ist so, dass ich alter Knabe
auch gar nichts gegen Russen habe

und auch bei mir in meinem Garten
lass ich manche Feier starten,
wo man aber ganz bestimmt
auch Rücksicht auf die Nachbarn nimmt.
Bei den Gärten hängt am Haus
auch die Gartenordnung aus,
die man da wohl laut Beschluss
auch in Russisch bringen muss.
Polnisch wäre da zudem
genau wie türkisch angenehm
um die Nachbar hier zu schützen.
Das würde sicher allen nützen,
denn wir wollen dabei eben
doch miteinander friedlich leben!

Christstollen und Swimming Pool

Dieser Sommer, wie man weiß,
war schon ungewöhnlich heiß.
Im Juli haben wir gepflegt
ein Schwimmbecken uns zugelegt.
Dieses diente nun nicht minder
als Badespaß der Enkelkinder
und sollt' aus "gärtnerischen" Gründen
da eigentlich schon längst verschwinden.
Schließlich sollte dabei eben
der Rasen drunter überleben.
Doch nun kam das Septemberhoch
und der Pool steht immer noch,
in dem sich sicher dann und wann
ein älterer Mensch noch "aalen" kann.
So wurd' der Abbau, siehe oben,
aus guten Gründen noch verschoben.
Der Rasen ist da, woll'n wir wetten,
sicher eh' nicht mehr zu retten
und so wird das Becken eben
wohl noch Weihnachten erleben.
Dieser Spruch kam immerhin
von meiner Lebenspartnerin.
Wie dem auch sei, in diesem Falle
war unser Eis ganz plötzlich alle
und so sollte ich am Morgen
im Supermarkt das noch besorgen.
Da sah ich, ohne es zu wollen,
im Regal die Weihnachtsstollen.
Dicht dabei zum gleichen Zweck
Domino - und Kleinstgebäck.
Christstollen und Swimmingpool
sind sonst auf den Kanaren cool.

Nun schmilzt uns auch in unserem Land
der Weihnachtsmann schon in der Hand.
In unserem Land ist offenbar
inzwischen nichts mehr, wie es war
und die Schuld an dieser Not
hat sicherlich daran "Schwarz-Rot"!

Begrüßungsgeld

Es ärgert uns doch ganz enorm
bei der Gesundheit die Reform.
Man zahlt nun, man ist verprellt,
10 Euro als Begrüßungsgeld.
Was wird uns da nach solchen Zoten
von den Ärzten neu geboten?
Sind bei Darmspiegelungen frei
nun noch Cheerleader dabei???

Mein Auto spricht!

Mein altes Auto hat indessen
leider nun der TÜV gefressen
und so hat mich, nicht zu fassen,
auch ein guter Freund verlassen.
Mit dem Neuen, laut geklagt,
ist nun "Technik angesagt"
und es gilt aus diesen Gründen,
sich damit zurechtzufinden.
Die Elektronik ist inmitten
der Autos weiter fortgeschritten
und so leuchten da zuhauf
ständig neue Lampen auf,
wo die Funktion ich zum Verdruss
nach und nach noch lernen muss.
Mit so was wurde ungelogen
einst die DC 10 geflogen.
Selbst das Radio ist zudem
da ein technisches Problem
und so wünsch ich folgenschwer
mein altes Auto wieder her.
Ich muss mich wohl dabei an jenen
"PC auf Rädern" erst gewöhnen.
Obwohl, es ist da wohl an sich
sein Benehmen vorbildlich,
weil das Gefährt, man glaubt es nicht,
auch hin und wieder mit mir spricht.
So meckert es, hat man indessen
wieder mal das Licht vergessen
oder es ist, ungelogen,
die Handbremse noch angezogen.
Steigt man aus, piepst es zum Schluss
sogar noch einen Abschiedsgruß

und es will sich mit dem alten
Zausel wohl noch unterhalten.
Da fiel mir im Nachhinein
sogar eine Antwort ein
und so sind wir unbenommen
tatsächlich ins Gespräch gekommen.
Ganz zum Schluss blinkt im Verlauf
noch freundlich eine Lampe auf.
Schön ist es, wenn man dann und wann
mal mit jemand reden kann
und so ist, versteht mich recht,
Technik manchmal gar nicht schlecht.

Der Fußball

Bei uns zu Hause haben wir
den Bolzplatz direkt vor der Tür
und es ist, wie zu erwarten
mitunter auch recht laut im Garten,
doch man sieht zum guten Zweck
tolerant darüber weg.
Schließlich steht man nach wie vor
bei der "Ü 50" noch im Tor
und hat selbst als Kind gezielt
auf der Straße noch gespielt.
Man hatte da zu diesem Fall
einen bunten Nylonball,
der zum Fußball aber klar
zu leicht und windempfindlich war.
Damals träumte von uns Jeder
von einem Ball aus echtem Leder,
doch das war, wie wir erfahren,
ein schöner Traum vor 50 Jahren.
So was hielt zu jener Zeit
das "Wirtschaftswunder" nicht bereit...
Doch zurück zu meinem Fall,
denn ein solcher Lederball
liegt seit Tagen, wie's so geht,
nun in meinem Erdbeerbeet,
wo ihn sportbewusste Knaben
scheinbar hinbefördert haben.
Der wurde einst für gutes Geld
von Firma "Nike" hergestellt.
Darauf weist nun immerhin
stolz das Firmenlogo hin
und es ist in diesem Fall
sicherlich kein "Billig-Ball".

Niemand hat, laut sei's geklagt,
bisher nach dem Ball gefragt.
Wahrscheinlich ist das, wie man hört,
heut' nicht mehr der Mühe wert
und um die Kleinen zu erfreuen
kauft man sicher einen Neuen!

Tanzstunde

Wie hat uns vor langer Zeit
doch die Tanzstunde "erfreut".
Heute geht das ziemlich locker
und gelöst derweil vom Hocker.
Aber damals, kurz erzählt,
hat man sich doch sehr gequält,
als man mit Anzug und Krawatte
die ersten Blickkontakte hatte.
Leicht verschüchtert, ja da kamen
dazu natürlich auch die "Damen".
Petticoat und Hochfrisur
vermittelten uns "Freude pur".
Zum Abschlussball wurd' nicht zum Schaden
dann so ein Mäuschen eingeladen.
Neulich war aus guten Gründen
ich mal in der Stadt zu finden,
als die Dame noch bekannt,
"kaum verändert" vor mir stand.
So drehte sich ein gutes Stück
das Rad der Zeit im Geist zurück:
Die Damenwelt war da für mich
verhältnismäßig "unhandlich".
Oh, wie hab' ich ungebeten
dieses Mädel einst getreten!
Wie oft bin ich ungewollt
über ihren Fuß gerollt.
Wie oft hab' ich ungeniert
ihr den großen Zeh poliert.
Oft hat mir der Takt gefehlt
und sie lächelte gequält.
Nie konnte ich beim Tango glänzen,
denn meine Kunst hielt sich in Grenzen.

Trotzdem hat sie, wie wir fanden,
alles ganz gut überstanden
und so nahm sie nach wie vor
diese Sache mit Humor,
wozu dann ein Gläschen Sekt
als Entschuldigung noch schmeckt.

Telefonsex

Überall preist man es an,
Telefonsex braucht der Mann.
Ruf mich an, es bebt der Busen,
lass uns telefonisch schmusen.
Nur frage ich mich ungeniert,
wie das technisch funktioniert.
Wie soll man sie nun unbenommen
durch den Hörer da bekommen???

Der Handstaubsauger

Gestern bin ich in der Nacht
gegen Vier mal aufgewacht
und an Schlaf, man kann's sich schenken,
war ab sofort nicht mehr zu denken.
Also schaltete ich dann
zum Einschlafen das Fernsehen an.
Neben mir schlief immerhin
meine Lebenspartnerin.
Ohne, dass man mich ertappt,
wurd' das Programm nun durchgezappt.
Im RTL Shop da erfreute
mich eine große Oberweite.
Diese Dame müsste eben
Reich - Ranicki mal erleben.
Sie hätte ihm zu weiteren Fragen
wohl die Sprache glatt verschlagen.
Die Busendame hat mit Zoten
Handstaubsauger angeboten.
Für die Fugen gab es diese
wunderbare Fugendüse.
Sie bekam zu diesem Zweck
die Krümel aber nicht ganz weg,
denn sie hatte zu der Übung
wohl "keine Fuge zur Verfügung".
Danach war dann folgenschwer
wohl auch noch der Akku leer
und zum Schluss riss sie galant
noch den Halter aus der Wand.
Alles das, um's mal zu nennen,
hätt' auch mir passieren können
und ich hab' für wenig Geld
den Handstaubsauger dann bestellt.

RTL hat unbenommen
somit Geld von mir bekommen.
So habe ich, weil es pressiert,
"GZSZ" finanziert,
weshalb ich nun als alter Knabe
auch Gewissensbisse habe.
Daran hab' in jener Nacht
ich nun wirklich nicht gedacht!

Raucherbein

Mächtig Aufregung, die hätten
wir nun bei den Zigaretten,
denn man hat im ganzen Land
Gesundheitsschäden wohl erkannt.
Darauf weist man immerhin
sogar auf der Verpackung hin.
Hast du erst ein Raucherbein,
ist das andere bald allein...

Kontaktanzeigen

Eigentlich bin ich, wie ich meine,
ganz zufrieden hier in Peine.
Altersmäßig noch "im Saft"
klappt's auch mit der Partnerschaft.
Trotzdem schaut man dann und wann
sich Kontaktanzeigen an
und man sondiert so unbesehen
dabei auch das Marktgeschehen.
Vielleicht sucht eine Frau ja hier
irgendwie direkt nach mir?
Nach einem Rentner, nicht ganz neu,
trinkfest und leicht arbeitsscheu.
Mit Bart und Brille, etwas Bauch,
manchmal störrisch im Gebrauch,
der sich nicht verbiegen lässt,
Gladbachfan und fernsehfest.
Doch man sucht, so kann man lesen
hier nach einem Fabelwesen:
"Gutaussehend und gepflegt,
das Vermögen angelegt.
Spezialist in Frauenfragen,
kuschelig an kalten Tagen.
Sportgestählt und ohne Bauch,
Radeln, Wandern muss er auch.
Musikalisch interessiert,
Opernfan, gut situiert,
humorvoll, bart - und brillenlos,
mindestens 1,80 groß.
Akademisch angehaucht
weiß er, was die Dame braucht,
gut gelaunt und immer nett,
eine Spitzenkraft im Bett.

Bier und Tabak sind dazu
selbstverständlich stets tabu.
Tanzwütig und stets galant,
in Jeans und Anzug interessant".
Doch wird sie da wohl, wie wir wissen,
nun sehr lange suchen müssen.
Man sollte da, bei solchem Treiben,
selber so ein Suchdings schreiben:
"Suche hier im schönen Peine
eine, die so ist, wie meine!"

Achtspurig

Nun erfasst uns auf die Schnelle
noch die Adolf Hitler Welle,
wo man nun zum Schluss erkennt,
der Gute war wohl impotent,
denn er hatte bis zum Boden
da wohl auch nur einen Hoden.
Hätte er nun hier dabei
wie wir alle, deren zwei,
die Autobahn, wie wir wohl lesen,
wäre achtspurig gewesen...

Unsere hoffnungsvolle Jugend

Um Lebensmittel einzukaufen,
braucht man heut' nicht mehr viel laufen,
außer, man hat da indessen
"aus Altersgründen" was vergessen.
In kurzer Zeit hat man auch leicht
den Supermarkt erneut erreicht,
doch inzwischen klingelt es
zur Pause in der IGS,
die man in Vöhrum, in der Tat,
direkt gegenüber hat.
So ist der Laden bis zuletzt
mit Jugendlichen voll besetzt
und an der Kasse eine lange
jugendliche Warteschlange,
um sich da zu diesen Zwecken
fürs zweite Frühstück einzudecken.
Die Hosen ließ man sich deswegen
zum Einkauf deutlich "tiefer legen".
Offensichtlich hat's die eben
"in der Größe" nicht gegeben.
Die Schuhe trägt, es macht betroffen,
man dazu selbstverständlich offen.
Die Wollmütze ist ungelogen
tief in das Gesicht gezogen
was die Kassiererin verschreckt
als erstes auch sofort entdeckt.
Der Gang ist schlurfend in den Gängen
und die Schultern lässt man hängen.
Die Mädels tragen, wie ich seh',
hinten auch ein Dekolleté,
wobei Eierstock und Nieren
im Winter wohl auch kräftig frieren.

Das muss irgendwie mit Zwängen
der Pampers-Zeit zusammenhängen.
Man unterhält sich mittlerweil'
mit "boh und ey und affengeil".
Ausdruck einer Jugendzeit
mit Politikverdrossenheit
und man orientiert sich bloß
bildungsarm, interessenlos.
Es zählt zu allerhöchsten Gaben
bei "Viva" auch noch Spaß zu haben
und, als würde sonst was fehlen,
noch den Superstar zu wählen.
Nun hört man, wie ich erwähne,
auch noch deutlich Handytöne,
die da bimmeln, singen, brodeln,
furzen und noch dabei jodeln.
Das kann man sich, nicht zum Schaden,
für drei Euro runterladen.
Der Blick ist dabei folgenschwer
per Telefon unendlich leer
und man denkt da immerzu
an die lila Milka Kuh.
Der Kopf ist nun leicht schräg gestellt,
weil man die SMS erhält.
Plötzlich tönt es an mein Ohr:
"Lasst doch mal den Alten vor!"
Damit bin nun, wie es scheint,
augenscheinlich ich gemeint.
Vielleicht ist, versteht mich recht,
die Jugend gar nicht mal so schlecht.
Ich wünsche ihnen nun, gottlob,
für die Zukunft einen Job,
denn es finanziert am Ende
diese "Truppe" meine Rente.

Einkaufskörbe

In unserem Land, da ist man eigen,
müssen stets die Preise steigen
und der Rentner kauft voll Frust
Lebensmittel preisbewusst.
Dazu gehört nun hier am Ort
auch der schonende Transport.
Das wird mit Stiegen heut erreicht,
aufklappbar und federleicht,
wobei man da als Mann von Welt
die Dosen stets nach außen stellt.
Unten packt man zu drei Achteln
Tuben, Plastik, feste Schachteln.
Obendrauf wird, wie erwähnt,
das Ganze vom Salat gekrönt.
Zu Hause wird mit Schwung nach oben
die Stiege dann herausgehoben.
Doch plötzlich hat voll Sachverstand
man nur den Bügel in der Hand.
Der Einkauf rauscht dabei im Stück
in den Kofferraum zurück.
Es schwimmen nun ob solcher Taten
in der Sahne die Tomaten.
Der Hund hat das sofort entdeckt
und die Tomaten abgeschleckt.
Der Einkauf wird, wie einst vertraut,
nun im Einkaufskorb verstaut,
den die Katze schon, man stutzt,
inzwischen als Behausung nutzt.
Die schöne Stiege, weil's pressiert,
wird auch "sofort" repariert
und man erkennt nach einer Weile
auch die Funktion der Einzelteile.

An den Rändern müssen fein
drei Zapfen in die Nut hinein
und in der Mitte wird verzwickt
die Lasche in ein Loch gedrückt.
Leider wollt es mir nicht glücken,
die Lasche in das Loch zu drücken,
denn mir sprangen voller Wut
dabei die Zapfen aus der Nut.
Beim nächste mal, ich kam ins Schwitzen,
hatt' ich die Lasche außen sitzen.
Die Katze wollt' zu ihrem Glück
nun maunzend ihren Korb zurück.
Der Hund hat sich schon leicht verschreckt
unterm Küchentisch versteckt.
Irgendwann hatt' zum Verdammen
ich die Kiste auch zusammen,
wobei sie aber offenbar
plötzlich nicht mehr klappbar war.
Will man diesen Kampf gewinnen,
muss das glatte Teil nach innen!
Nach einer Stunde war's vollbracht,
die Stiege strahlt in alter Pracht.
Vorbei ist nun des Rentners Qual,
doch nur bis zum nächsten Mal!

Astrid Lindgren

Astrid Lindgren war, nicht minder,
eine Freundin aller Kinder.
Am Mittwoch wäre sie im Norden
hundert Jahre alt geworden.
Dabei denkt man nun ein Stück
an die Jugendzeit zurück,
denn wir wuchsen im Verlauf
auch mit Pippi Langstrumpf auf.
Kalle Blomquist war da wohl
auch für uns Jungen ein Idol.
Die Bücherei in jener Phase
war Ecke Werder/Schillerstraße
wo für die Jugend offenbar
zwei Nachmittage offen war.
Die Bücher lagerten da immer
in einem großen Hinterzimmer.
"Vorne" war ein großer Tresen.
Man konnte da in Mappen lesen,
was man so an Büchern führt,
alphabetisch registriert.
Die Dame nahm dann im Verlauf
bald auch die "Bestellung" auf
und sah nach in der Kartei,
ob das Buch auch "hinten" sei.
Bei uns Kindern kam in Mode
eine andere Methode.
Man nahm einfach so als Hit
von Astrid Lindgren alles mit
und so war da offenbar
Astrid Lindgren immer rar.
Auch heute steht da allemal
von Pippi wenig im Regal.

Zeitlos ist wohl dabei eben
Pippis Abenteuerleben
und scheint Spaß auch zu bereiten
in heutigen Computerzeiten.
Vielleicht gelingt's, ganz im Vertrauen,
Pippis Baumhaus nachzubauen,
ohne jeglichen Verdruss
... und auch ohne Stromanschluss!

Streik

Schon die nackten Zahlen zeigen:
Die Lebenshaltungskosten steigen.
Das auszugleichen, hebt man dann
Löhne und Gehälter an
und kündigt so auf diesem Wege
schleunigst die Tarifverträge.
Die Verhandlung, weil es nützt,
wird per Warnstreik unterstützt.
Einen Warnstreik hat es eben
nun auch bei P&S gegeben
und man fordert vehement
so an die 5 bis 6 %.
Dem Rentner bleibt dabei vor Schreck
ehrfurchtsvoll die Spucke weg,
denn bei den Renten hat es eben
wieder mal „die Null" gegeben.
Man ist hier wohl, jede Wette,
das schwächste Glied in einer Kette.
Somit ist, kurz nachgedacht,
hier auch ein Warnstreik angebracht,
obwohl dabei, nicht zu verhehlen,
nun die rechten Mittel fehlen.
Im Garten wird nun, ungelogen,
die rote Fahne aufgezogen
und, dass man auch den Ernst begreife,
hat man eine Trillerpfeife.
Damit man aus der Sache lernt,
wird nun kein Unkraut mehr entfernt.
Auch wenn das Gras zwei Meter steht,
der Rasen wird nicht mehr gemäht.
Große Not, der Hund er bellt,
weil das Gassigeh'n entfällt.

Auch wenn die Blase noch so drückt,
Herrchen streikt jetzt weltentrückt.
Den Enkeln wird, laut sei's geklagt,
der Besuch kurz abgesagt.
Auch bei Aldi geht im Stück
nun der Umsatz wohl zurück.
Auch der Arzt bekommt kein Geld,
weil die „Prostata" entfällt.
Die „Ü 50", bitte sehr,
hat nun keinen Torwart mehr.
Auch das Fahrrad bleibt zum Zwecke
der Volksgesundheit in der Ecke.
Abgesagt wird auch das Trimmen
und das morgendliche Schwimmen.
Weil es zum Proteste taugt,
wird auch nicht mehr staubgesaugt.
Außerdem lass ich es bleiben,
diese Sprüche hier zu schreiben.
Will die Gattin etwas Liebe,
unterdrückt man seine Triebe,
denn der Warnstreik, unverdrossen,
ist noch längst nicht abgeschlossen.
Doch alles das wird wohl deswegen
hier die Welt nicht sehr bewegen,
auf dass uns die Erkenntnis „kumme",
der Rentner ist doch stets der Dumme!

Kleinkunstbühnen

Im Fernsehen, da gibt es halt
fast nur noch Action und Gewalt
und Humor ist hier in Mode
nach der "Holzhammer-Methode".
Es fällt schwer, aus diesen Gründen
noch Entspannung da zu finden.
Bei uns im Landkreis bietet man
vielerorts nun Kleinkunst an.
So bietet Kabarett vom Fach
in Meerdorf das Teatr-dach.
Die Atmosphäre muss man eben
einfach einmal selbst erleben,
denn man fühlt sich ungefähr
mit Gleichgesinnten familiär.
Dem Neuling wird da unvermittelt
sogar vom Chef die Hand geschüttelt.
Die Bestuhlung ist an sich
eher abenteuerlich
und es gehört da offenbar
die Katze auch zum Inventar.
Dazu wird dann locker, leicht
Schmalzbrot und auch Wein gereicht.
Ob mit, ob ohne Alkohol,
fühlt man sich in der Scheune wohl.
Genauso familiär und nett
ist es auch in Gadenstedt
und es wärmt an kalten Tagen
die Stellmacherei am Kattenhagen,
wo man abends leicht verschwitzt
am Kamin beim Feuer sitzt.
Jutta legt hier, wie vom Fach,
dabei selbst die Scheite nach.

Ohne Lärm und laute Kracher :
Es gibt sie noch, die Liedermacher!
Und man summt dabei den Hit
in gelöster Stimmung mit.
Es gibt, wie sollt' es anders sein,
natürlich Schmalzbrot und auch Wein
und wie stets im Landkreis Peine
streicht eine Katze um die Beine.
Hier wie dort erlebt man pur
Kleinkunst noch in Reinkultur
und es wird dabei gepflegt
sehr viel mit Engagement bewegt.
Man ist hier, wie dem auch sei,
mit dem Herzen noch dabei
und es lohnt sich, unbesehen,
dafür vom Sofa aufzustehen!

Die Bahnfahrt

Schwierig ist's nach vielen Jahren
mal wieder mit der Bahn zu fahren.
Die letzte Bahnfahrt liegt ein Stück
Lebensweisheit wohl zurück.
So parkten wir das Auto bald
da im nahen Hämelerwald,
denn der Tarif soll allgemein
von da aus dann recht günstig sein.
Für Fahrkarten, wie man schon ahnt,
war reichlich Zeit da eingeplant
und man "freundete" sich dann
mit dem Automaten an:
Bald merkten wir da folgenschwer,
Rückfahrkarten gibt's nicht mehr
und die Orte, wo wir wohnen,
teilt man inzwischen in drei Zonen.
Man sollte sich da auch nicht schämen,
noch 15 Leute mitzunehmen
und zumindest zum Entzücken
eine Tageskarte drücken.
Hinter uns bald eine lange
unheilvolle Menschenschlange.
Schließlich sollte es mir glücken
zweimal Einzelfahrt zu drücken,
wobei man danach die bewusste
Karte gleich entwerten musste.
Gleich nach der Ankunft schaffte man
sich Karten für die Rückfahrt an,
um dem Stress da unbesehen
auf diese Weise zu entgehen.
So haben wir dann locker, leicht
den Zug zur Rückfahrt auch erreicht,

aber dabei wohl indessen
das "Entwerten" glatt vergessen.
Den Automat konnt' ich im Stehen
vorbeifahrend durchs Fenster sehen.
Es gelang mir unter Fluchen
nun den Schaffner aufzusuchen.
Der hat sich alles angehört
und mir gleich den "Tarif" erklärt:
Mit 40 Euro wär' ich frei
pro Kopf als Schwarzfahrer dabei.
Inzwischen war man unbenommen
schon in Lehrte angekommen
und der Schaffner bot mir dann
hier die "Schnellentwertung" an.
So sprang ich schnell hier, wie im Flug,
in Tempo 100 aus dem Zug
und habe in den paar Sekunden
nur den Entwerter nicht gefunden.
So hechtete ich da im Stück
wieder in den Zug zurück,
wo der Schaffner die vertrackte
Karte mit der Zange zwackte:
"Augenscheinlich, wie man sieht,
haben Sie sich echt bemüht!"
In Hämelerwald traf, wie im Fieber,
ich auch meine Gattin wieder:
"Falls es dich noch interessiert,
man hat mich gar nicht kontrolliert!"
Schwierig ist's nach vielen Jahren
mal wieder mit der Bahn zu fahren!

Heimarbeit

Die Deutschen sind dank Kindernot
bald vom Aussterben bedroht.
Auch in Peine ging ein Stück
die Geburtenzahl zurück.
Man wird, wenn wir so "weitereiern"
bald Freischießen im Rollstuhl feiern.
So wird man in diesen Tagen
ängstlich nach den Gründen fragen
und man erkennt hier ziemlich schnell,
Kinder sind nicht "aktuell"!
So etwas, auch wenn's gefällt,
geht letzten Endes voll in's Geld.
Oftmals ist da, wie man hört,
die Betreuung nicht geklärt
und sehr hoch sind auch die Sätze
der paar Kindergartenplätze.
Im Beruf, so ist der Lauf,
nimmt man Nachteile in Kauf
und vielfach kann man dabei eben
von dem bisschen Geld nicht leben.
Zur Scheidungsrate, ohne Zwänge,
gibt es auch Zusammenhänge,
denn ist die Küche erstmal kalt,
zahlt man kräftig Unterhalt.
Außerdem gibt's da zudem
noch ein technisches Problem,
denn veraltet scheint nicht minder
auch die "Herstellung" der Kinder.
Besser wär's, wenn das. auf Ehre,
einfach online möglich wäre,
oder, um sich zu beglücken,
eine SMS zu schicken,

doch so was war aus guten Gründen
selbst auf der Cebit nicht zu finden.
Stattdessen ist, laut sei's geklagt,
hier noch "Heimarbeit" gefragt
und das ist nicht grad' die Tugend
unserer technisierten Jugend.

Milchzähne

Im Ruhrgebiet fand hocherfreut
man Zähne aus der Kreidezeit.
Das könnten auch, man sieht es ein,
die Milchzähne von Heesters sein.

Ausbildungsplätze

Als Rentner stellt man dann und wann
auch mittags mal die "Glotze" an.
Ausbildungsplätze sind vorab
derzeit in Deutschland wirklich knapp.
Bei "Pro 7" bietet man
sie mittags per "Eventshow" an,
wo drei Bewerber, wie wir wissen,
sich um "Die Chance" da "prügeln" müssen.
Auf diese Weise wurde dann
ein Vöhrumer "zum Bankkaufmann"
und es blieben zu dem Zwecke
zwei andere da auf der Strecke.
Zunächst beschlich mich mit Kalkül
ein "patriotisches Gefühl",
weil doch schließlich, welch ein Ding,
der Sieg in den Kreis Peine ging.
Doch lohnt es sich, in solchen Fällen
das Denken nicht ganz einzustellen.
Dem jungen Mann, um's mal zu nennen,
ist der Lehrplatz sehr zu gönnen
und ich möchte ihm hier diesen
Teilerfolg auch nicht vermiesen.
Ich bekam zu diesen Fragen
ein komisches Gefühl im Magen,
wenn "zu besten Sendezeiten"
sich da Jugendliche streiten
um etwas, was da lieb und wert
eigentlich "dazugehört".
Zur Wahlkampfzeit wird ungebrochen
vom "Recht auf Ausbildung" gesprochen,
doch scheint es da wohl folgenschwer
mit diesem Recht nicht sehr weit her,

wenn ein Fernsehsender dann
sich solche Sachen leisten kann.
So treibt man dabei zum Kommerz
fast schon "mit Entsetzen Scherz"
und erreicht hier ebenso
bestenfalls noch "Bild-Niveau".

Für einen Freund...

Mancher kauft, so soll es sein,
Viagra hier klammheimlich ein,
wobei er da am Tresen meint,
es ist für einen "guten Freund".
Das ist wohl auch gar nicht schlecht,
denn irgendwie hat er ja recht...

Halloween...

Wie erquickend und erlabend
ist doch so ein Fernsehabend
und man hält zu dieser Zeit
ein paar Erdnüsse bereit.
Plötzlich nun, so schien es mir,
klingelte es an der Tür.
Draußen standen da nicht minder
schaurig kostümierte Kinder
und ich fragte nun dabei,
ob schon "Matten - Ehren" sei.
So erfuhr ich immerhin:
Heute ist doch Halloween
und ich müsste mich nun schmücken,
etwas Süßes rauszurücken.
So werde ich nun, wie wir wissen,
meine Nüsse opfern müssen.
Die wurden nun auch, wie's sich zeigt,
ziemlich misstrauisch beäugt
und mit leichtem Widerwillen
ließ man sich die Beutel füllen.
Nur ein Lied wollt' man verwehren:
Schließlich sei nicht Matten Ehren!
Siehe da, nach kurzer Zeit
klingelte es nun erneut,
nur dass jetzt die Kinderschar
wohl schon etwas älter war.
Leider musste ich berichten,
was zu knabbern gibt's mitnichten,
was die "Kindlein" , in der Tat,
aber nicht beeindruckt hat.
Man wäre hier in Peiner Landen
auch mit "Barem" einverstanden.

Da hab' ich halloweenverdrossen
einfach meine Tür geschlossen
und die Teenies warfen mir
nun Kürbiskerne an die Tür.
Leider waren frank und frei
wohl auch zwei Eier mit dabei.
So habe ich nun immerhin
mit Halloween nichts mehr im Sinn.
Das Ganze ist, so konnt' ich lesen,
einst ein Kelten - Brauch gewesen,
doch zwischen uns und diesen Kelten
liegen augenscheinlich Welten...

Halloween zum Zweiten...

War nun diese Halloween
wirklich Brauchtum oder Spleen
oder geht es nur dabei
um Geschäftemacherei?
Doch egal, wie dem auch sei,
diesmal waren wir dabei.
Im letzten Jahr hab' ich pikiert
Halloween noch ignoriert,
worauf die Jugend nach Bedarf
mir Eier an die Haustür warf.
Diesmal haben wir verschreckt
uns mit Süßem eingedeckt
und wir kauften da gezielt,
was die Werbung heut' "empfiehlt".
Snickers, Mars und Haribo
machen unsere Kleinen froh!
Für die Großen gab es lose
das "Red Bull" frisch aus der Dose
und für eine größere Gruppe
kochten wir Gespenstersuppe.
Im Flur hat man, als Mann von Welt,
Bistrotische aufgestellt,
damit die Jugend sich sodann
auch mal unterhalten kann.
Die Hautür wurd', dass nichts passiert,
mit einem "Welcome" - Schild verziert
und als "Background" tiefbewegt
noch "Black Sabbat" aufgelegt.
In die Haare, hochtoupiert,
wurd' noch etwas Gel geschmiert
und man zeigt sich immerhin
so der Jugend "mega in".

Halloween zu feiern weiß er
der alte Zausel Haubenreißer!
So haben wir da frisch gestylt
an der Haustüre verweilt.
Doch mühsam ist der Pfad der Tugend,
denn was nicht kam, war unsere Jugend!
Irgendwie hat man indessen
diesmal Halloween vergessen.
Nächstes Jahr, da stellen wir
nur noch Eier vor die Tür,
damit die Jugend sie sodann
gleich dagegen werfen kann.
Das süße Zeug, so ist der Lauf,
heb' ich für Matten-Ehren auf.

Matten - Ehren

Im November pflegt man auch
hier so manchen alten Brauch.
Gott sei Dank ist nun dabei
der Halloweenspuk auch vorbei
und als nächstes stand sodann
auch schon "Matten Ehren" an.
Wichtig ist's, zu diesen Zwecken
sich mit Bonbons einzudecken,
denn man sollte sich nicht scheuen,
die lieben Kleinen zu erfreuen.
Das Ganze wird wohl, weil es nützt,
von Zahnärzten auch unterstützt
und so singt da Ulla Schmidt
irgendwie im Geiste mit.
Siehe da, so gegen Vier
klingelt's erstmals an der Tür.
Draußen stand da nun nicht minder
eine Gruppe kleiner Kinder
und man hörte so mal wieder
die alten "Matten-Ehren"-Lieder.
Bei einigen gab's da zudem
wohl ein kleines Textproblem,
doch man war da frank und frei
mit Begeisterung dabei.
Die nächste Truppe war dann schon
eine andere Fraktion,
die ich mit Erstaunen sehe,
immerhin in Augenhöhe.
Wortlos hielt man da zuhauf
einfach nur den Beutel auf,
weil man gerade offenbar
auch noch voll im Stimmbruch war.

Einen, der da vor mir stand
habe ich sogleich erkannt.
Mir war klar, ich kannte ihn
noch vom letzten Halloween.
Aus diesem Grunde hing ich mir
ein neues Schild an meine Tür.
In diesem Hause wird es eben
zu Matten Ehren etwas geben,
doch wie wir auf dem Schild erfahren:
"Für Kinder unter 14 Jahren!"
Ich hab', nachdem ich nachgedacht,
es in drei Sprachen angebracht...

Nacktrodeln

Sehr beliebt ist, ohne Frage,
hier das Harzstädtchen Braunlage.
Man fragt sich nun im Harz, wie man
den Tourismus fördern kann.
So hat man da nun ungeniert
das Nacktrodeln neu eingeführt,
wo vornehmlich junge Damen
splitternackt zum Rodeln kamen.
Das Spektakel lockte dann
gut 12.000 Menschen an
und es kam, man glaubt es nicht,
auf RTL auch ein Bericht.
So was wäre, wie ich meine,
doch auch etwas für unser Peine.
Der Herzberg hat zu diesem Zwecke
doch eine schöne Rodelstrecke
und man sollt' sich nicht genieren,
das am Sonntag durchzuführen,
weil man in der City dann
die Geschäfte öffnen kann.
Auch musikalisch ist zudem
die Untermalung kein Problem
und es gibt ein schönes Bild
der Schottenclub ganz ohne Kilt.
Aus gutem Grunde schließt sich dann
ein Prominentenrennen an,
wo dann splitternackt, mir graust,
der Rat der Stadt zu Tale saust.
Ich selber wäre gern dabei
in der Altersklasse 3
und zum Schluss da schließt sich dann
das große Zeitungsrennen an.

Unsere Zeitungen indessen
würden da die Kräfte messen
und bei Minusgraden starten,
denn nur die Harten komm' in'n Garten!
Allerdings gibt es zudem
da noch ein winziges Problem:
Woher soll nun, unbenommen,
der Schnee in Peine dazu kommen?

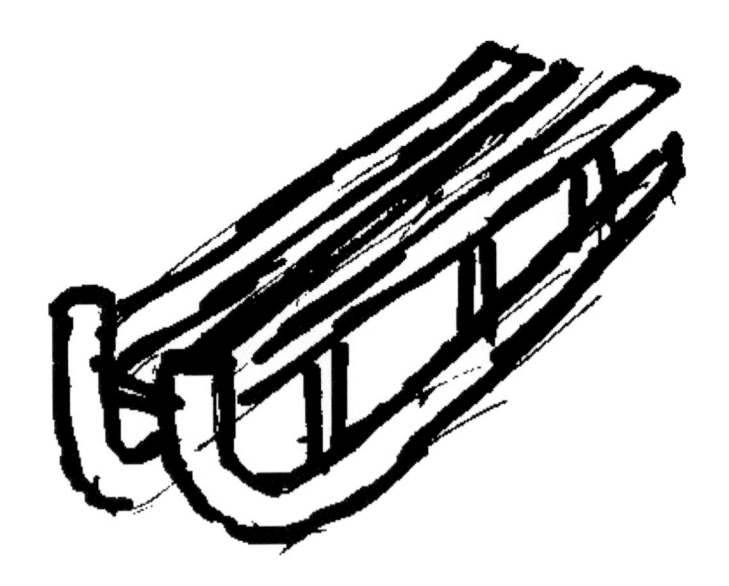

Sperrmüll

Wie ist im Lande doch zudem
die Sperrmüllabfuhr angenehm.
Per Postkarte, weil es doch eilt,
wird der Termin da mitgeteilt.
Der wird ohne weitere Fragen
dann im Kalender eingetragen,
nur die Uhrzeit wird indessen
in der Eile oft vergessen.
Auf der Karte steht geschrieben,
Abholung morgens ab halb sieben
und schon stellt man hier bereit
den Sperrmüll mittels Nachtarbeit.
Endlich ist um Mitternacht
alles vor die Tür gebracht:
Ein alter Schreibtisch, halb zerlegt,
ein Zweiersofa, gut gepflegt,
aus dem nur rechts die Wolle quillt,
ein altes Schwiegermutterbild,
3 ausgediente Gartenstühle,
das Unterteil von einer Spüle,
ein Doppelbett, einsvierzig breit
noch aus der aktiven Zeit.
In der Nacht dann, ungebeten,
gibt es da Aktivitäten.
Mit der Lampe wird gezielt
von Fremden da der Kram durchwühlt.
Klappern, Flüstern, leises Fluchen,
keiner weiß, was sie da suchen.
So schaut man da auch gleich am Morgen
nach dem Müll, nicht ohne Sorgen
und siehe da, der ganze Dreck
ist samt der Schwiegermutter weg.

Dafür steht da, tritt man näher,
ein ausgedienter Rasenmäher.
Ein alter Grill, 2 Wasserpumpen,
ein Führerbild und ein Sack Lumpen,
ein Campingklo liegt da am Ort,
ein Fahrrad für den Leistungssport,
dem allerdings, nicht zu verhehlen,
dazu beide Räder fehlen.
Dazu, weil ich wohl sonst nichts habe,
ein Fernseher als milde Gabe.
Alles das holt man vorab
gegen Mittag dann auch ab.
Nur das "Televischn-Stück"
lässt man mir am Schluss zurück.
Dem Täter wünsch' ich, ohne Tadel,
12 Stunden Musikantenstadel!!

Bankenkrise

Schwer getroffen hat uns diese
unheilvolle Bankenkrise,
denn sie hat wohl scheinbar leicht
auch unser Peine hier erreicht.
Wenn im Lande nichts mehr geht,
gibt es ein Finanzpaket.
Nun wird es Zeit, als Bürger nun
auch eine Gute Tat zu tun.
Heiligabend lad ich fein
mir dazu zwei Bänker ein,
denn man hilft als Rentner dann
in der Not doch, wo man kann.
Den "Notgroschen" hab' ich gepflegt
scheinbar sicher angelegt,
doch machte ich mir heute Morgen
darüber schon gewisse Sorgen.
So kam es, dass ich alter Knabe
am Schalter mich gemeldet habe
und ließ mir da, hier bin ich eigen,
die ganze Knete noch mal zeigen.
Alles das, so wollt' ich meinen
präsentiert in kleinen Scheinen.
Zum Glück war ich, es lässt nun hoffen,
von der Krise nicht betroffen,
denn es war, so weit ich sah,
die ganze Summe wohl noch da.
Doch trotzdem stellt sich dieser Tage
doch noch die Vertrauensfrage
und man braucht in dieser Zeit
doch gewisse Sicherheit.
So schrieb ich fleißig nun zuhauf
rechts oben meinen Namen drauf.

Vor Bankenkrisen, weil es nützt,
bin ich nun dauerhaft geschützt!

Mutterfreuden

Verona hat, man glaubt es nicht,
den Herrn Pooth geehelicht.
Wie üblich, stellt im Nachhinein
sich dann stolzer Nachwuchs ein,
den man nun auch hoch beglückt
mit dem Namen Diego schmückt.
Verona lieferte als Hit
die Erklärung auch gleich mit.
Der Name weist nun mit viel Sinn
auf die Stadt San Diego hin,
weil man hier, als es pressierte
den kleinen Diego produzierte.
Manches Kind, was wir das kennen,
müsst man dann "Hinterm Festzelt" nennen...

Männerstrip

Das "Crazy Daisy" ist im Land
hier als Diskothek bekannt.
Da haben sich nun, ungelogen,
Männer nackend ausgezogen.
Zum Schluss hielt man, sie fanden's geil,
die Hände vor das edle Teil.
Die Bodyshow hat da wohl allen
Damen mächtig gut gefallen,
denn es gab da großen Trubel,
Gekreische und verstärkten Jubel.
Allerdings war'n allemal
die Teenies in der Überzahl.
Vereinzelt ältere Semester,
sicher war's die große Schwester,
blickten auch mit Kennermiene
anerkennend auf die Bühne.
Somit kam ich zu dem Schluss,
dass man zu Haus was bieten muss
und man da zur rechten Zeit
die Gattin mit 'nem Strip erfreut.
Am besten bietet sich sodann
wohl der Sonntagabend an,
wo die "Chefin" sich galant
bei einem Pilcher - Film entspannt.
Schon wird sich mit Schwung beflissen
der Hausanzug vom Leib gerissen
und man tänzelt da enthüllt
vor das bunte Fernsehbild.
Natürlich lässt man so dabei
das beste Stück auch völlig frei,
denn dazu ist, wenn man's beschaut
einander auch schon sehr vertraut.

In den Hüften schwungvoll drehen...
"Geh da weg, ich kann nichts sehen!!!!"
Immerhin, das weiß ich nun,
wenn da zwei dasselbe tun,
dass es dann, spricht der Chronist,
noch lange nicht das Gleiche ist.

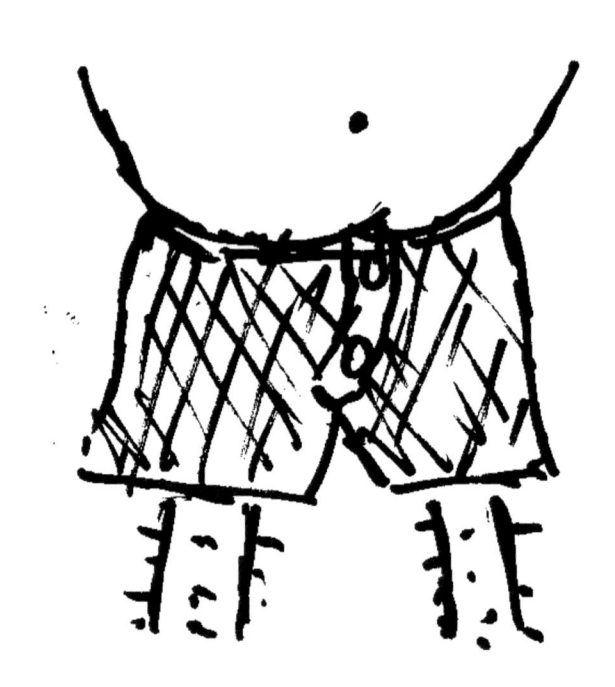

Do it yourself

In Deutschland gibt's, so konnt' man lesen,
Probleme mit dem Ärztewesen.
Kaum noch jemand zieht es hin
zur allgemeinen Medizin
und schon macht die böse Kunde
vom Ärztemangel da die Runde.
Der brave Bürger fragt sich dann,
wie er dem begegnen kann
und so kommt wie einst in Mode
hier die "Hilf dir selbst" Methode.
Allerdings ist, nicht verzagt,
gewisse Grundkenntnis gefragt
und man studiert nun, gar nicht übel,
von Oma die Gesundheitsfibel.
Die Medizin, die da genannt,
ist zwar heut nicht mehr bekannt,
doch es gibt da, ohne Frage,
von dem Buch die Neuauflage.
Mutters Schnupfen, Omas Gicht,
alles das erschreckt uns nicht.
Außerdem kann uns entlasten
auch ein alter Lernbaukasten,
den ich auf dem Boden fand,
"Der kleine Herzchirurg" genannt.
Sicher wird man es bald lernen,
den Blinddarm selbst sich zu entfernen.
Die Küche ist zwar allgemein
zur Behandlung etwas klein,
auf jeden Fall ist hier an sich
ein großer Tisch erforderlich.
Beim ersten mal, nichts kann erschüttern,
wird die Hand noch etwas zittern.

Die Hausgeburt ist so zudem
medizinisch kein Problem
und bald lässt es sich berichten:
Wir können auf den Arzt verzichten!

Zahnprobleme

Von der Reform, ich sag' es offen,
sind die Zähne auch betroffen.
Schaut euch dazu einmal dann
hier den Jürgen Rüttgers an.
Der trägt doch, so ist der Lauf,
Inge Meysels "Dritte" auf...

Damen - Biathlon

Nun ist es wieder mal soweit,
es kommt die fußballlose Zeit.
Dafür lockt in Bild und Ton
ersatzweise das Biathlon.
Besonders gerne schaut man dann
sich sicherlich die Damen an.
Bei Martina und Katrin
schaut der Rentner gerne hin.
Andrea, Kathie und Simone
sind dabei aber auch nicht ohne.
Magdalena hat gepflegt
Weihnachten leicht zugelegt,
weil der Rennanzug galant
nun am Hintern etwas spannt.
Wenn sie in leichten Rennanzügen
da auf dem Bauch im Anschlag liegen
hoffen wir nun ganz gezielt,
dass man sich dabei nicht verkühlt,
denn schlecht ist in der Läuferphase
eine unterkühlte Blase.
Sicherlich macht es Verdruss,
wenn man unterwegs mal muss.
Verrichtet man die Sache pur
dann hinterm Busch in der Natur
oder steht da an der Strecke
ein Dixi-Klo zu diesem Zwecke?
Wird das dann in diesen Tagen
auch noch vom Fernsehen übertragen?
Kompliziert wir das Geschehen,
weil Damen meist gemeinsam gehen.
Im Ziel sind dann die Damen meist
völlig platt und leicht vereist.

Doch sind sie dann nach kurzer Zeit
zum Interview gesprächsbereit
und können schneller, als wir denken,
dem Zuschauer ein Lächeln schenken.
Schließlich sind, wenn wir's beschauen,
die Biathleten auch bloß Frauen.
Mädels, ihr seid ohne Frage
ein Lichtblick meiner alten Tage!

Curling

Beim Curling werden leicht von oben
Bettpfannen übers Eis geschoben.
Mädels in der schönsten Phase
putzen dann, bis zur Extase.
Außerdem ist da nun eben
die Moral hervorzuheben:
Frauen nun, zu diesem Nutzen,
finden wieder Spaß am Putzen...

Vorfreude

Schon ist es wieder mal soweit,
es beginnt die Weihnachtszeit
und man freut sich da nicht minder
auf den Besuch der Enkelkinder.
Im Sommer gab's zu diesen Zwecken
im Garten auch ein Planschebecken.
Letzte Woche, voller Wonne,
zeigte sich die "Frühlingssonne".
Vielleicht gelingt's in warmen Phasen
das Becken wieder aufzublasen.
Weihnachten am Swimmingpool
finden nicht nur Kinder cool.
Früher gab's trotz karger Rente
Weihnachten noch Gans und Ente.
In diesem Jahr da bietet man
draußen eine Bratwurst an.
Auch der Weihnachtsmarkt stellt sich darum
klimamäßig etwas um.
Der Glühwein liegt inzwischen nur
kurz über Außentemperatur
und es werden daher leicht
ein paar Eiswürfel gereicht.
Der Honigfrau vergeht das Scherzen,
es biegen sich die Weihnachtskerzen.
Der Met gibt es hier auch gezielt
inzwischen nur noch leicht gekühlt.
Die Eisdiele, so ist der Lauf,
macht nun sicher wieder auf.
Auf der Bühne bietet man
eine Modenschau uns an,
doch gibt es da statt grüner Loden
wahrscheinlich Karla's Miedermoden.

Dazu spielt dann immer wieder
die Gumba Dance Band Weihnachtslieder.
Früher noch, vor langer Zeit,
hat es ab und zu geschneit
und es erfreute über Nacht
uns dabei die weiße Pracht.
Heut erfüllt uns diesen Traum
als Werbegag der Seifenschaum,
der sich gut entfernen lässt.
In diesem Sinne: Frohes Fest!

Es leuchtet

Ganz egal, wie man betucht,
wird nach den Lichtern nun gesucht,
um die Fenster und auch Gärten
weihnachtlich da aufzuwerten.
Lichterketten ohne Ende
bringen Glanz in das Gelände
und der ganze Garten hat
locker über 1000 Watt.
Kürzlich sind da ungelogen
die Sicherungen rausgeflogen.
Hell strahlt in des Gartens Mitten
ein riesengroßer Rentierschlitten.
Ein Reh als weihnachtlicher Traum
steht beleuchtet unterm Baum.
In der Tanne, um die Wette,
strahlt die Tchibo-Lichterkette.
Selbst der alte Apfelbaum
glänzt als weihnachtlicher Traum
und sogar die Konifere
kommt zu weihnachtlicher Ehre.
Da steh'n die Haare uns zu Berge,
vor der Tür die sieben Zwerge
und darüber leuchtet hier
die Rotlichtkette an der Tür,
die uns irgendwie im innern
da an ein Bordell erinnern.
Das würde da wohl, wie wir hören,
die sieben Zwerge auch erklären.
Im Fenster leuchtet ungelogen
ein 2 Meter Lichterbogen
und darüber sieht man gern
einen Riesen - Weichnachtsstern,

der per Schaltung dann und wann
in 5 Farben leuchten kann.
Selbst das Dach hat, der hier wohnt,
vor Lichterketten nicht verschont.
und vom Schornstein grüßt uns heiter
der Weihnachtsmann an einer Leiter.
Auf dem Kopf lässt der im Dunkeln
dann auch noch ein Blaulicht funkeln.
Vorfreude wird da wohl indessen
auch nur noch in Watt gemessen.
Ich mache diesen Lichterhit
in diesem Jahre nicht mehr mit
und freu' mich auf die Weihnachtszeit
bei Kerzenlicht und Dunkelheit.
Da reißt mich in dunklen Räumen
eine Stimme aus den Träumen.
Die gehört nun immerhin
meiner Lebenspartnerin:
Haubenreißer, du mein Holder,
brennt das Licht schon im Wacholder?

Birnenzeit

Hallo Leute, seid bereit,
es ist wieder "Birnenzeit",
denn seit November wird verzückt
alles weihnachtlich geschmückt.
In dieser Zeit da gehen wir
abends gern mal "vor die Tür"
und voller Staunen schaut man dann
sich die Festbeleuchtung an.
Auch in den Häusern freut noch immer
weihnachtlicher Kerzenschimmer
und hier und da grüßt wie im Traum
auch schon mal ein Weihnachtsbaum...
Früher wurde unverdrossen
die gute Stube zugeschlossen
und den Weihnachtsbaum sah man
sich erstmals zur Bescherung an.
Weihnachtlicher Tannenduft
lag dann dabei in der Luft
und der Lichterglanz indessen
blieb uns Kindern unvergessen.
Heute ist die Fichte halt
oft schon ein paar Wochen alt
und der Baum, an dem sie hocken,
erscheint dabei schon etwas trocken.
Trotzdem will man da mitnichten
auf echten Kerzenschein verzichten
und der Weihnachtsbaum wird so
oftmals dann zum Risiko.
Auch Hund und Katze sind zudem
dann ein Sicherheitsproblem.
Oft kommt dann die Feuerwehr
mit "Tatü-Tata" daher

und es werden ungewollt
dann die Schläuche ausgerollt.
Dazu hört man immer wieder
gern noch ein paar Weihnachtlieder.
Doch heißt es erstmal "Wasser marsch"
ist das Weihnachtsfest im ... A... imer
Baum und Bude sind durchnässt,
die Feuerwehr wünscht "Frohes Fest".

Merry Christmas

Man freut Weihnachten nicht minder
sich auch auf die Enkelkinder,
doch ich seh' in diesem Falle
hier zu Weihnachten nicht alle,
weil sie da im fernen Bayern
leider ohne Opa feiern.
Also packt man daher fein
liebevoll Geschenke ein,
wozu ich als alter Knabe
nun "zwei linke Hände" habe.
So übernimmt das immerhin
meine Lebenspartnerin
und ich schreibe nur zuhauf
noch die Weihnachtsgrüße drauf.
Auf der Karte steht, man zuckt,
"Merry Christmas" vorgedruckt
und dazu wünscht man nun hier
den Kleinen noch "A happy year".
Da hätte ich für meine Lieben
dann "whised Grandpa" zugeschrieben
aber irgendwie packt mich von vorn
nun der weihnachtliche Zorn.
Das Geschwafel ist ein Graus,
ich streiche "Merry Christmas" aus
und hab' das Ganze dann zuletzt
durch "Frohe Weihnachten" ersetzt.
Mir geht das "Christmas" dabei meist
weihnachtlich voll auf den Geist.
Mit "Hoo, hoo, hoo" kommt folgenschwer
per Schlitten "Santa Claus" daher.
"Rudolph" hat in dieser Phase
vom "Christmas drink" "A red nose"-Nase

und unterm "Tree" singt man im Team
den Song von "A White Christmas Dream".
Das alte Weihnachtsfest indessen
wird mitunter fast vergessen.
Man sollte sich hier doch besinnen,
Weihnachten kommt stets "von innen".
"English learning" kann man später,
in diesem Sinne "See you later".

Weihnachts - Schwarzmarkt

Nun ist die Weihnachtsfeierei
dieses Jahr auch schon vorbei.
Der Gabentisch war für die Peiner
dieses Jahr wohl etwas kleiner,
doch jeder hat wohl eingedenk
dessen sicher ein Geschenk,
wofür er leider, in der Tat,
keinerlei Verwendung hat.
Vorgetäuschte Freude hatte
man bei der Micky-Maus-Krawatte.
Ein Kassenzettel, wie man denkt,
wird nur selten mitgeschenkt
und so fällt doch dabei sehr
die weitere Verwertung schwer.
Hier fällt mir im Nachhinein
nach dem Krieg der Schwarzmarkt ein,
wo in der Not doch offenbar
alles da zu tauschen war.
Man sollte sich nun nicht genieren
so was wieder einzuführen,
wo man nach Weihnachten sodann
die Geschenke tauschen kann.
Es empfiehlt sich, dazu eben
die Bahnhofshalle freizugeben,
die man auf diese Weise dann
endlich sinnvoll nutzen kann.
Das Angebot wär', wie ich meine,
sicher riesengroß in Peine.
Sockenhalter, Hängematte,
die Peter Alexander Platte,
ein Gemälde mit Gestell,
ein BH in XXL.

Die Pilcher - Bände kann, wir lauschen,
man gegen "Feuchtgebiete" tauschen.
Es ist sogar ein Tausch gelungen
vom Weihnachtsbaum, nur kurz besungen.
Unser Peine hätte schon
eine echte Attraktion
und man könnte damit eben
die Peiner City auch beleben.

Bierbildung

Man tut nun dem Volke kund:
Bier in Maßen ist gesund!
Es schadet auch nicht der Potenz
und hebt sogar Intelligenz.
Der Kasten Bier, spricht der Chronist,
des kleinen Mannes Brockhaus ist...

Gutscheine

Weihnachten, das Fest der Liebe,
fördert positive Triebe,
wobei wir festlich daran denken,
uns gegenseitig zu beschenken.
Früher war dabei zudem
"SOS" noch sehr bequem.
Da gab es als Geschenketips
Socken, Oberhemd und Schlips,
wobei dann Männer dazu neigen,
die Freude nur gebremst zu zeigen.
Viel mehr Freude stellt sich ein
doch bei dem Geschenkgutschein,
was uns noch nach Weihnachtsfest
alle Freuden offen lässt.
So ein Schein bringt immerhin
auch der Wirtschaft Reingewinn.
Ein Autohaus in Bortfeld hat
hier den Geschenkgutschein parat.
Für wenig Geld hat man hier schon
so die "kleine Inspektion"
und so zieht auf diese Weise
die Methode sicher Kreise.
So drückt uns heute doch enorm
die Gesundheits-Sparreform,
wo man täglich zum Verdruss
vieles selbst bezahlen muss.
Als gutes Beispiel hat man da
die "Inspektion" der Prostata.
Die landet dabei eingedenk
dessen dann als Festgeschenk
und als weihnachtlicher Traum
per Gutschein unterm Tannenbaum,

wobei ich jährlich dann auf's Neue
mich dabei so richtig freue.
Also Freunde, daran denken
und zum Fest den Gutschein schenken!

Halali!

Im Winter braucht man dank "Verpflegung"
sicher etwas mehr Bewegung
und es bleiben so gesund
dabei der "Rentner" und sein Hund.
Hier in Telgte bietet dann
sich dazu die Feldmark an,
denn wo sonst im schönen Peine
lässt man den Hund noch von der Leine?
Aber halt, der Atem stockt
und Heidi wird schnell "angepflockt",
weil hier plötzlich Autos halten
mit grün gekleideten Gestalten,
die dazu an kalten Tagen
noch leuchtend rote Westen tragen.
Der grüne Hut hält oben warm,
die Flinte trägt man über'n Arm.
Hier gibt es nun kein Zurück,
wild entschlossen scheint der Blick.
Es sind wohl an die 20 Bauern,
die hier nun auf Beute lauern
und in einer Kette eben
gerade auf das Schilf zustreben.
Das misst hier nun akkurat
nur 50 Meter im Quadrat.
Im Sommer hab' ich wunderschön
schon 3 Fasane hier geseh'n
und irgendwann war in der Näh'
da auch mal ein scheues Reh.
Die Lust am "Ballern" liegt intern
dem Jäger selbstverständlich fern,
denn es sehen sich die Jäger
hier als Heger und auch Pfleger.

Auf ein "Stück Wild" kämen deswegen
hier gleich 5 Mann um es zu "pflegen".
Davon träumte allemal
manches Pflegepersonal
und so wird wohl tief bewegt
manches Tier nun "totgepflegt".

Holzauktion

Draußen ist's in Flur und Wald
in diesem Winter "knackekalt".
Der Kanal ist laut Bericht
fast wie früher wieder dicht.
Da fällt mir schon im Nachhinein
ein Spruch aus meiner Kindheit ein:
"Wenn das Wasser friert auf den Toiletten,
dann ist Winter, woll'n wir wetten!"
Gut tut so was offenbar
so manchem "alten" Ehepaar:
Man hört ihn was von Liebe nuscheln,
plötzlich will er wieder kuscheln!
Der kalte Wind aus Richtung Osten
erhöht uns aber auch die Kosten
für Heizung, Kohle, Strom und Gas.
Da vergeht uns schon der Spaß.
Putin und Schröder wird das nützen.
Wollen wir das unterstützen?
Und man überlegt sich dann,
wie man dem begegnen kann.
Dazu ist nun, wie man hört,
ein Kamin empfehlenswert.
Besonders in der Abendzeit
erhöht er die Gemütlichkeit.
Doch ist Holz, sonst müsst' ich lügen,
inzwischen auch schon schlecht zu kriegen
und so kommt das Freudenfeuer
aus dem Baumarkt ziemlich teuer.
Aber Freunde, nicht geklagt,
nun ist Selbsthilfe gefragt.
Im Garten gibt es daher schon
die "private Holzauktion".

Der Kirschbaum, einst in Blütenpracht,
wird klammheimlich um gemacht
und man treibt statt Rasenpflege
Raubbau nun mit Axt und Säge.
Als letzte Lösung bietet dann
sich schon mal die Schrankwand an
und im Kamin brennt allemal
das Holz in "Eiche rustikal".
Dazu wird es unbenommen
aber hoffentlich nicht kommen,
denn egal, wie man es nimmt,
der nächste Frühling kommt bestimmt!

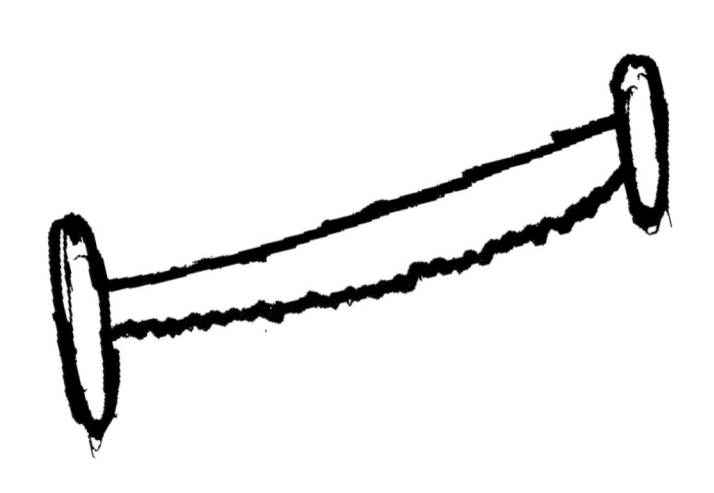

Piene

Neulich bin ich in der Nacht
spät noch einmal aufgewacht
und man sucht, so ist der Lauf,
zunächst einmal den Kühlschrank auf.
Aus Langeweile macht man dann
meist noch mal die "Glotze" an,
wo eine Dame leicht bekleidet
scheinbar "Höllenqualen" leidet.
Euros hat sie "affengeil"
im Bikinioberteil
und es will ihr nicht gelingen
die Kohle unters Volk zu bringen.
Weiß denn niemand, plärrt sie dreist,
wie diese Stadt hier richtig heißt,
und ich sehe, als sie endet,
deutlich "Piene" eingeblendet.
Natürlich fällt mir da gleich ein,
das kann doch wohl nur Peine sein
und so stürme ich da schon
ruckzuck an das Telefon.
Voller Frust erfährt man dann,
"leider kommt man grad nicht dran".
Die Dame hat nun ungelogen
ihr Oberteil schon ausgezogen
und sie schreit da scheint's gequält,
dass immer noch die Lösung fehlt.
Ob wir das Geld nicht gerne hätten,
sind schon alle in den Betten?
Die Gebühren sind egal,
schon wähle ich ein zweites Mal.
"Peine" schreit der "Oberlehrer"
nun gefrustet in den Hörer.

Dem Tonband ist das ganz egal:
"Vielen Dank, bis nächstes mal".
Beim zehnten Mal ist's unverändert,
die Augen sind schon rotgerändert.
Es überfällt nun mit der Zeit
mich eine tiefe Müdigkeit.
"Peine" war sein letztes Wort,
da trug ihn schon der Sandmann fort.
"Peine" murmelte ich Schaf
"gebührenpflichtig" noch im Schlaf.
Da wurde ich nun unvermittelt
von meiner Liebsten wachgerüttelt:
"Haubenreißer, komm vom Baum,
haste wieder deinen Traum?"

Sado Maso

Wird man alt, wie ich erwähne,
entfernen sich zuerst die Zähne.
Gestern wurde, ungelogen,
mir ein solches Wrack gezogen,
weil bei den "Resten", sonnenklar,
ein Füllen nicht mehr möglich war.
Doch ist es so, dass so ein Rest
sich nur schwer entfernen lässt,
weil man diesen Stumpf wohl dann
schlecht mit der Zange greifen kann.
Drei nette junge Damen haben
mir dann die Wurzel "ausgegraben".
Zahnärztinnen, richtig nett,
fröhlich, kompetent, adrett.
So lässt man sich, nicht zu verhehlen,
schon mit gewisser Freude quälen,
wobei im Stuhl dann, unbenommen,
die komischsten Gedanken kommen:
So fällt mir da bei aller Pein
tatsächlich "Sado Maso" ein,
wo sich doch recht trübe Tassen
von munteren Damen quälen lassen
und ich merke interessiert,
das selbiges mir grad' passiert.
Das Ganze zahlt hier, große Klasse,
dann auch noch die Krankenkasse.
Doch irgendwann, wie dem auch sei,
ist dann die "schöne Zeit vorbei",
denn der Zahn hat dabei eben
den Widerstand wohl aufgegeben.
Als Trost erfährt dann unsereiner:
Oben rechts sitzt auch noch einer,

den man da nun laut Beschluss
als nächstes noch entfernen muss.
Vielleicht lass ich zu diesem Zweck
dann noch die Betäubung weg?
Doch Spaß beiseite, das hat nun
mit Sado Maso nichts zu tun.
Die Damen machen nur, gottlob,
bei Haubenreißer "ihren Job"
und, versteht mich bitte recht,
alles andere als schlecht!

Sylvester

Wieder mal ist sie vorbei,
die Silvesterknallerei
und sie war, wie es so geht,
von "gehobener Qualität".
Heuler Kracher, sollt' man meinen,
sind wohl nur noch für "die Kleinen"
und es wurde wohlbegründet
ein Höhenfeuerwerk gezündet.
Stilvoll wurd' zum Sekt gebeten
mit prächtigen Brillantraketen.
Für Anspruchsvolle kamen die
aus einer Zehner -Batterie.
So was hat Opa unbesehen
"43" noch gesehen
und er erzählt uns ungelogen
vom "Feuerwerk am Kursker Bogen".
Mancher fragt sich, in der Tat,
was das wohl gekostet hat.
Seht, wir konnten uns erdreisten,
in schlechten Zweiten noch was leisten!
Das erkennt voll Feingefühl
man am "Silvester-Sondermüll",
der später dann vorm Hause gammelt,
weil man ihn nicht eingesammelt.
Braune Haufen finden wir
nun aus Pappe und Papier
und dazu, es macht betreten,
Überreste von Raketen.
All das wurde nun schon leicht
zu eine Pampe eingeweicht.
Man fragt sich, ob es denn dabei
doch nicht einfach möglich sei,

den eigenen Dreck in allen Ehren
selbst auch wieder wegzukehren.